CONSTELADO

千 里 远 景 ， 如 在 尺 寸 之 间 。

问出来的事

温亚军 著

中国工人出版社

• • • • • •

问出来的事

一

手机铃响了一声就断了，不用看，准是三哥从老家打来的，这个世界好像只有三哥最聪明，每次打我手机，只响一声，留个号码，叫我给他回过去。这样他能找着我说事，又省下了电话费。妻子靠在沙发上看电视，不失时机地瞪我一眼，抓起遥控器狠狠地换了个频道，电视上正在播妻子最讨厌的广告，她却装作认真地欣赏。我心里不舒服，没有及时给三哥回电话。过了一会儿，手机不耐烦地又响了一声。我看看来电显示，讪讪地瞅了一眼妻子，装模作样地皱紧眉头咕哝一句："不知有啥急事情。”在妻子不屑的目光中，这才慢条斯理地抓过座机，拨通三哥家的电话。

三哥“嘿嘿”一笑，在电话上说：“你们北京的手机双向收费，想给你省几个电话费。”

妻子哼了一声，把电视音量调小一些，不停地换台。幸好三哥的话妻子听不清，不然她又有话说了，我家的电话号码三哥也不是不知道。

我没吭声，等着三哥说正事。这种情况下，我不能主动去问，否则妻子会不高兴，她总是说我们家的事都是我问出来的，好像我是刑侦队的，把一个没有疑点的人硬问成了疑犯。

三哥像机关干部似的，先扯了几句闲淡，才转入正题：“小林给你说了吧，他不想在那个公司干啦……”

没容三哥说完，我打断他没好气地说：“要我说，你儿子小林应该去联合国发展，在北京真是屈才了。”

我这话一半是说给妻子听的，声明我对三哥及他的儿子小林是有气的，也证明好多事不是我主动问出来的。妻子不一定买账，可我得有这个态度。态度决定一切嘛。

三哥听了我的话很不高兴，声调拉得很长：“咦，老四，看你这话说的，小林可是你的亲侄子，总不能眼看着他在那个公司受别人的气呀，咱虽是打工的，可也有自尊啊，你说是不是?”

还自尊呢，就你儿子那副好吃懒做的德行，早上起不了床上班经常迟到，免费午餐挑三拣四，还跟别人怪腔怪调，上班时间扔了正经工作不干，跟网友QQ视频。也就是在我朋友的公司能混口饭吃，要在别处，你十个小林都被人家赶走了。朋友拐弯抹角提醒我好几次了，语气里的隐忍，我听了都不好意思再跟人家说好话了。

我强咽了一口唾沫，咬咬牙说:“那你说，小林到底想干什么?”

三哥理直气壮地说:“给小林再找份工作，要挣钱多，老板人品要好，不然，咱受气还挣不上钱……”

我说:“凭咱小林的才干，是该找个轻松不受气挣钱还多的工作喽。”

三哥乐呵呵地道:“就是就是嘛，还是老四有眼光……”

“要不，”我慢慢说着，生怕自己控制不住冲着电话吼叫起来，“去抢银行，来钱又快又多，谁的气也不用受!”

“老四，你……”

我“啪”地挂断电话，从妻子手中抓过遥控

器，把电视音量调至最大。屋里一下子嘈杂得像个繁忙的菜市场，拥挤的声音让人喘不过气来。妻子“呼”地起身，冲上去直接摁断电视机电源：“你还嫌不够热闹，要楼下的女人来歌颂赞扬你啊。”

鬼知道我们住的是一幢什么破楼，隔音效果一点都不好，我家里稍有点动静，哪怕是走路的脚步稍微重点，住在楼下的女人不是敲暖气管，就是用拖把捣楼板，并且上门和我们理论过多次，说我们弄出的声音太大，一点也不注意影响，还说她每天都被我们制造出的声音困扰，都快神经衰弱了。我看那女人脸色虽然灰白，但体形肥硕，嗓门儿尖锐得像把电锯，神经倒是衰弱不了，但进精神病院的可能还是有的。

生气归生气，第二天上班后，我还是给小林打了电话，问他对自己的工作到底有什么具体的要求。小林竟然不知羞耻地说：“当然得不受别人管制，自己说了算的工作啦。四爸，你知道我想干什么。”

“休想！”我气哼哼说道，“你要是有本事，就给你爹说出真实想法，回老家你爹身边学开车去，别在这儿缠我，我已经受够啦！”

一年前，我二哥的儿子小泉放着小区保安的工作不干，缠着我非要学驾驶，说在北京驾驶员找工作的机会多。我太清楚北京的情况了，只要能走动的，谁都有驾驶证，有私车的，都喜欢自己开车，既过瘾又安全，根本不需别人代劳。倒是有一些公司招驾驶员，可那都是货车，比不得开小车舒适，最主要的是这样的工作根本没有保证，哪天要司机哪天不要司机，谁也说不准。学驾驶根本不像以前那样能成为找工作的保障。我不同意小泉花三千多块钱去学驾驶，谁知小泉鬼迷心窍，背着我报了驾校，还没等拿到驾照，就出事了。有天，在练车休息的空当，他趁教练上厕所的时间，从教练扔在驾驶室的衣服口袋里拿上车钥匙，独自把车开了出去，结果车翻到路基下，左腿严重受伤。小泉受伤与谁都没干系，连个赔偿都没有，还连累了那个教练被驾校辞退。后来驾校出于人道考虑拿了一千块钱给小泉，这点钱能干什么？小泉的治疗费都是我搭进去的。小泉出院后，腿落下终身残疾，不能再干小区保安了，我到处托人给他重新找工作。想找工作的正常人遍地都是，谁会要一个瘸子？我都动了打发小泉回老家的念头，可就是说不出口，如果把小泉扔下不管，以后老家我就不敢回了。二哥前几年得病死了，小泉是二嫂的全部支撑，出了这么大的事，二嫂怪我没看管好她儿子，打电话哭着给我闹，要是离得近，她早跑到北京来骂我了。我没怪二嫂，谁碰上这种事都会失去理智的。我只有给小泉再找份工作，才能平息二嫂的怨气。我加大了找工作的力度，四处打电话找人请吃饭，把不能求的人都求到了，终于在一家公司给小泉找到库房管理员的差事，工资虽不是太高，但稳定，而且安全。可是，小泉一点都不买账，他不愿去管库房，说那是年纪大的人干的，他还年轻，整天待在库房面对一堆货物，还不得憋死？好说歹说，最后总算给足我面子去了，从此以后，他对我冷冰冰的，见面连个招呼都懒得打。

有小泉的这个前车之鉴，小林知道他爹不会同意他学开车的。但小林的这个心一直没死，见说不动我，便提出不在那家公司干了，他要换工作。

“随便你！”有了三哥的电话在先，我的心已不再为这话揪着了，口气装作很轻松地对小林说，“你爱干什么干什么去，反正我没本事再给你找份更好的工作”。

小林在北京混了几年，学会了几句京腔，嘴上的功夫练得够硬，实际行动却跟不上。他见我态度强硬，自己也找不到更好的去处，就还在我朋友的公司混着。时不时地，他给我打个电话，依旧说的是要换工作的老话，我呢，还给他那样哼哈应付过去。朋友在网上开了家规模挺大的购物公司，除了收货发货，网上接单的大部分是女孩，小林是朋友唯一留在网上接单和找单子的男人。这样的活并不累人，也就跟网友在QQ里聊天一样，属于玩中也可以工作的轻松活儿。虽然小林每个月接到的单子并不多，看在我的面子上，他的工资还是按平均标准给他发，也算说得过去，这样的工作并不是谁都能找到的。

二

被我呛了一顿，三哥那里好久没了声音，这下，我想着可以清净一阵了，听不到那一声短促的手机铃声，我心里安静了许多。倒是妻子，神经官能症似的，动不动就瞅一瞅我的手机，疑惑地望我一眼。好像我藏了什么秘密似的。我知道她心里肯定在犯嘀咕，我老家怎么好几天都没动静呢？

天气慢慢地热了起来。报纸上说，因为全球气候变暖，北极的冰都在消融，以后的气候会越来越反常。今年北京的夏天就很反常，雨水多过往年，动不动就是一场大雨，大雨过后的天空，蔚蓝高远，只是这样的蔚蓝持续不了多长时间，很快，城市上空聚结的湿气像个锅盖，闷闷地将城市笼罩住，潮湿闷热。整个六月就在雨一阵晴一阵，凉一阵闷一阵的过程里延续，快月底时，阳光终于变得透彻起来，终日雾蒙蒙的北京城像擦拭干净的叫花子的脸，清清爽爽起来。天气真正热了，有了蝉鸣，混在汽车嘶哑的发动机声里，像透支了无数气力，精疲力竭，不像早些年那种此起彼伏的蝉鸣声了。

说是热了，躲在空调房里，并没多少感觉。人的感官被高科技电器惯坏了，分明是大汗淋漓浑身湿透的夏季，却被空调风吹得浑身发冷，一层一层起鸡皮疙瘩。

除了在室外烈日炎炎的直射下，我确实也没觉着多热，正暗自庆幸今年夏天可以舒舒服服过去呢。但这个世界是不会轻易让人消停的，我的庆幸才开了个头，姐姐就来电话，一上来就哭哭啼啼，说她要被气死了。原来，她儿子罗竟的高考成绩出来了，到网上一查，只考了三百三十多分。

天哪，连这个羞于说出口的分数都能考出来，真是叫人惊叹不已。在我的印象里，外甥罗竟的学习还说得过去，三年前的中考，考了近五百分，顺利地踏进了我们县一中。那可是重点高中啊。谁知，三年过去，罗竟竟然如此不争气。

姐姐止住哭声说：“这分数不能怪罗竟，怪他们班的白莎莎，那是个小狐狸精，她把罗竟迷惑住了。罗竟也是年龄小没经过事，三言两语就陷入泥淖里，弄成这个结局，我的命咋这么苦啊。”姐姐又哭开了。姐的命是够苦的，我出生不久，娘就丢下嗷嗷待哺的我，撒手人寰，当时父亲慌了手脚，压根儿不知这个家该怎么整。几个哥哥少不更事，关键时候还是姐姐——十六岁的她用瘦弱的肩扛起了这个家。洗衣、做饭、安排从父亲到我们每个人的生活。对我来说，姐姐像我的母亲一样，为我们兄弟几个，她过早地扮演起家庭主妇的角色。所以，我对姐姐一向很敬重。

“姐，这跟你命苦没关系。”我这样说，心里有点不太舒服，姐姐只怪别人拖住她儿子，却不怪自己的儿子，如果有这种心理作祟，那还有什么说的，只管怨天尤人好了。我知道罗竟是姐姐的全部希望，罗竟没有达到她的期望值，她受不了。可是，也不能这样看待问题啊。

姐姐又一次止住哭声，清清嗓子，干脆利落地说：“不管怎么说，你就这么一个外甥，看你怎么给他安排吧。”

我就知道会是这样，姐姐前面都在铺垫，铺着铺着，折回头，把她的难题就推给我了，好像我是人事部部长，想怎么安排就怎么安排似的。考这么点儿分，就算北京户口也难找个合适的大学，我能怎么安排？姐姐说，你不是把小霁都安排进北京哪个哪个大学了？小霁是你的侄女，罗竟与你就没血缘关系啦？你可是他的亲舅舅。

我说你别扯了，姐，小霁上的可是自费大专，一年得两万多块钱学费呢。

“不就是钱吗？”姐姐有点打肿脸充胖子的意思，硬撑着说，“就是砸锅卖铁，也得供孩子读个大学。”

我说：“姐，咱得考虑实际情况，别说自费生了，就是真正考取的本科生，甚至今后读完研究生，也难找到合适的工作，你根本不知道现在找工作有多难。”

“你说这话我不爱听。”姐姐赌气道，“你三哥家的小林没上一天大学，你都能给他在北京找到工作，听说每月拿好几千块钱哩，难道我家罗竟今后大学毕业了，找工作还不如一个没上过大学的？”

我被姐姐问住了。

我的侄女小霁上的是信息管理职业学院，的确是我联系的，不过，人家公开招生，是只要交钱谁都能上的那种。据说专业比较实用，电脑数字设计，信息时代，毕业后可能会好找工作一些。

我不是不愿给外甥罗竟联系这种自费大专，而是担心学费从哪里来。姐姐家的情况非常一般，当年由于她得照顾我们一家老小，耽搁了找婆家，后来年龄偏大，要找个合适的、家境好的人家很难，姐夫年龄倒是与姐姐般配，只是家境不好，又是个老实人，不会一点手艺，姐姐更不用说了，他们除过一年收种两料庄稼，其余时间在离家近的地方打打短工，根本挣不到钱。别说一年要两万多学费，就是两三千，他们也得勒紧裤腰带。姐姐这时说得倒轻巧，到时候，肯定得依靠我来供她儿子上学，那我可惨了，每年的收入也就三四万元，就是我有心借钱供外甥上学，妻子那道关也难过啊。妻子一直把钱抠得很紧，她不是喜欢奢华的人，按说我们俩的工资合起来也不算低，但她还是省吃俭用，我们的孩子还没影子呢，她就开始给将来的孩子存钱，说以后一定要送孩子出国留学，因为她们单位已有三个同事把孩子送到国外去上学了，她绝对不能落后。在攀比方面，她是很可怕的。

姐姐是在我上班时打来的电话，妻子还不知道这回事，一年两万多块钱的学费，以妻子的精明怎么也能揣度出姐姐的意图，这在我，都觉得心疼，更不用说妻子了，如果我私自答应姐姐，那时我可就不光是看妻子脸色的问题，估计家无宁日了。

可这是把我养大的姐姐啊，她是为我们吴家

立下汗马功劳的。咬咬牙，我还是答应姐姐给外甥罗竟联系学校。北京别的事难办，唯独找自费大学容易，一个电话过去，人家立马给我送来一大堆资料，任你选择专业，并且，他们的态度极其和蔼。我多方打听，给罗竟选了个电视技术编辑专业，据说现在电视台或者影视公司都缺乏技术人才，好的专业可以给今后就业打下基础。至于上学的费用，走一步再说吧，我不想提这个叫人头疼的问题。

该跑的地方我都跑了，该谈的也都谈好了，只等开学时间一到，罗竟直接来京报到。

谁知，我的外甥，说准确点，应该是他的女朋友白莎莎帮了我的大忙，她拖住罗竟不让他来北京上学，非得陪她去广州上什么艺术院校，为参加一些电视台举办的比赛打基础，准备要一夜成名。白莎莎又说罗竟的外形和嗓音条件都很不错，可以跟着她参加类似的培训班，以后也去参加“好男儿加油”什么的节目，两个人都向音乐的舞台迈进，走在艺术的通途上，志同道合，多完美啊！罗竟经不住白莎莎的缠磨，动了心，果然放弃来北京的机会，跟着白莎莎去了广州。明知道这种做法不靠谱，可我还是舒了一口气，毕竟我的压力没有了。可是，姐姐叫儿子快给气疯了，在电话里她哭得声嘶力竭，说她养了儿子十九年，竟然抵不过一个小妖精轻飘飘的几句话，儿子她是白养了，老天真是不开眼，什么事都叫她给撞上了！我劝不住姐姐，她的情绪异常激烈，要我帮她写一份协议书，她要和罗竟断绝母子关系。

这种协议我不能写，只好打电话给罗竟，劝他回头是岸。罗竟的情绪倒挺稳定，他轻松地笑笑，说舅舅，你谈过恋爱吧？你知道爱情至上这个词吧？爱情和前程都摆到了我的面前，你说我能放弃吗？

三个问号把我问住了，爱情与前程，如今这世上除了生命，还有什么比这两样更值得让人追逐的？我还真不敢再叫罗竟放弃，真放弃了，以后他心里还不定怎么恨我呢。反正双方都不肯让步，我也无能为力。只要我尽了力，能不给自己添麻烦就不添麻烦吧。

爱怎么就怎么，随他们折腾去。刚好我接到通知，去南京参加一个专业培训，时间为半年。整个下半年，我在南京学习，为省电话费，换了个当地的手机号码，为了能清净一阵，我没把新号码告诉其他人，除给妻子和父亲偶尔打个电话外，我与哥哥、姐姐以及侄子侄女们没有联系，就是他们从妻子那里讨到我的新号码，打电话给我说那些烦心事，我身在异地，也爱莫能助。

三

我的家在马连道，离西客站近，经过南广场，没几步路，坐火车非常方便。但我妻子不喜欢这种方便，她平时很少出差，一年也就回个老家算是出趟远门，离火车站近的好处于她而言，就不是好处，而是折磨。首先是交通，出门倒是车很多，往哪个方向的车都有，但车多路不多，那么多车涌到一条道上，车能跑多快？尤其是上下班高峰期，道路跟患肠梗阻似的，一分钟能走两米就相当不错了。还有，我的家是侄子侄女们的据点，年尾或者年初，家里人来人往，热闹得跟小商品市场一般。他们住在城市的各个角落，平时他们之间联系并不多，只是在节假日，聚到我家时才能见面，聊他们各自的工作和烦恼。每年过完正月十五，我的侄子侄女们拖着装有老家挂面、小米、花生，甚至酱醋的大皮箱，陆陆续续（好像从未一起走过）返京，第一站必到我的家庭旅店里打地铺，然后用带来的酱醋做老家的饭食（他们无一例外吃不习惯北京的饭菜）。吃完饭后，趁我妻子不在家时，他们打电话、上网，联系租房或者找工作。我的角色像他们的驻京办主任，负责给他们年前订购回老家的火车票，年后返回时接站，解决他们的吃住，还得托朋友给他们找更好的工作。我不能有半点怨言，因为我是他们在北京唯一的亲人，也是唯一一棵他们能依靠的大树。有时，看到他们在一起说打工的艰苦、上学的困惑，各抒己见，异常热烈时，我的妻子突然进来，他们就会戛然而止，缄口不语，等我妻子离开，才由一人试着挑起刚才的话头，但不再热烈，就像不完全燃烧后的炭灰，再点燃也不可能有先前亮堂的火光和炽烈，我心里酸酸的挺不是滋味。其实，妻子还算个通情达理的女人，对我的这帮侄子侄女不断来骚扰，而且骚扰过后没一个人表现出歉意或者感激，甚至有时候还觉得我们的服务不到位而满腹怨言，表面上妻子从没说过头的话，内心不高兴时也只是避了人才冷着脸，一个人躲到屋里或者出去半天不回家，算是给了我足够的面子，只要是不涉及经济资助问题，我这个中间人还不是太难做的。

可小泉还是做了件叫我心里不太舒服的事。年前他回老家时，我刚从南京学习回来，看他身上的羽绒服薄得只剩下两层布，中间的羽绒都快脱光了。老家冬天异常寒冷，屋里屋外一样冷，又没任何防寒设施，不像北京屋里有暖气，穿件单衣都没问题。我便把妻子给我新买的羽绒服悄悄拿给小泉穿，整个春节，我都窝在家里不敢出门，怕妻子提起新羽绒服。谁知，过完年后，小泉没把我的羽绒服穿回来。要是天气转暖，他忘记带也能说得过去，可小泉说，他妈身子弱，受不得冻，他把我的羽绒服留给他妈穿了。

这算什么事？真要孝顺他妈，也得他这个做儿子的自己买啊。

小泉奇怪地看着我："怎么，四爸连一件羽绒服都舍不得啦？"

我压住心里的不悦，说："不是这回事。这件是你婶子给我新买的……"

"婶子买的又咋啦？"小泉不高兴地在我面前瘸了几步，"是给了我妈穿，又不是别人。"

我叹口气，只好说："那件羽绒服是男式的，你要早点说，还不如给你妈买件女式的，你妈穿着也合适些。"

小泉"哧"了一声："我看四爸还是心疼才对，不要说这么多没用的理由。四爸你不会忘记吧，你当兵走那年，我爹妈可是给你买了件新毛衣的，那时候，我爹妈都没穿过毛衣哩。"

我无言以对，脸色很难看。我是心疼那件新羽绒服，我更担心妻子知道了会怎么说。她自己的羽绒服穿了好多年，也舍不得买件新的，倒惦记着给我买，我却把它送了人，明明是不情不愿，想要回自己的东西，却要得理不直气不壮，还被当作忘恩负义的小人，这算什么事嘛！

小霁赶紧打圆场，扯住我的胳膊说：“四爸，我忘记给你说了，爷爷叫你回去一趟……”

“你咋不早说？”我急了，抛开羽绒服的事不说了。父亲已近八十岁高龄，我担心他身体出问题，每次打电话回家，他总是说身体好着呢，让我别惦记，这次要我回去一趟，是不是之前身体不好一直瞒着我？

小霁轻描淡写地说：“看我都忘记了，其实我也很矛盾，不知该怎么给你说，大伯不让你回家，说有那车票钱，还不如寄回去孝敬老人呢。”

大哥的话哽在我的喉头，使我极不舒服。钱的确是个好东西，相比之下，反而是亲情淡之又淡了。

我问小霁：“你爷爷是不是身体不舒服？”

“看上去挺好的，没听他说哪儿疼啊，可能是想你了吧，你可是他最出息的儿子呀。”

小林凑上来插了一句：“不会是叫你回去立遗嘱吧？”

小霁撇撇嘴：“一听你这话，就知道狗屁不懂，你爷爷又不是啥大款，一大堆财产等着人分。他浑身上下没一点儿值钱的东西，立啥遗嘱?”

我瞪了小林一眼，也懒得理会小霁的自以为是，过去抄起电话。

在我们老家有个习俗，老人一般跟小儿子过日子，意思老人放心不下最小的。我最小，虽不在家，这个规矩不能破，就把老爹嘱托给大哥一起生活，每月给他家二百块钱生活费，足以封住大哥的嘴。可就是这二百块钱，三哥和二嫂总有意见，嫌我给老爹的二百块钱落进了大哥口袋里，我曾对他们说，如果谁愿照管老爹的日常起居，我就把钱给谁。老爹越来越老，已干不动活了，他们谁也不想要，嫌是拖累。

拨通电话，那头却是大哥的声音，上来就领导似的拉长声调“喂”了一声，我没好气地说了句，“我想跟爹说句话”。大哥家的电话是我出钱装的，电话费也由我出，为的是能和父亲通话。我不能在跟前侍候父亲，多给他打打电话，平时聊几句，对他也是个安慰啊！可大哥趁我走后，把电话机移到了他的住房，理由是父亲不会使用电话，又老眼昏花，怕他误拨到美国或者海外其他国家，那电话费可老贵了，讲不讲话先得掏十四块钱，如果不及时挂断，每分钟累计，损失可就大啦。大哥跟我解释说，他是为我着想，省电话费呢，我挣钱多没错，可也不能随便糟践，有啥事，他接上再叫爹过来听，还不是一样嘛。我忍了，叫大哥去买个光能接不能打的单筒话机，串根线到父亲屋里，这样也省掉他叫来叫去的麻烦。大哥支支吾吾，不明确表态。我明白他的心思，担心电话机钱谁掏，我叫他放心，串电话的线钱都由我掏，只叫他动动手，如果他忙得没时间，我付给他工钱总可以了吧。大哥在电话里讪讪地说，老四你这话说的，说到哪儿去了，也是我爹呢，哪能叫你付工钱。

可每次打通电话，不是大哥，就是大嫂的声音，没一次是父亲先接的。看来，大哥一家根本就忘了我装电话的实质意义，他们把电话当成自己的了。

终于听到父亲的声音，他有气无力地说道："我身体没事，但心里有些事，想跟你说说，你——能不能回来一趟？"

我说到底是什么事啊？能不能先在电话里说说，不紧急吧，我半年不在单位，刚过完年上班，假可不好请。

"那就等你能请上假时，回来了再说吧。"父亲说到这儿，停顿了一下，又说了一句，"就看我能不能等到你回来的那一天啦！"

我一时不知说啥好。父亲年龄大了，这样的

话说出来总让人伤感，世事无常，谁知道我真的哪天回去了，再也见不着他老人家了呢。父亲见我半天没说话，以为我不想跟他说啥，就挂断了。握着话筒，我呆呆地望着电话机，作为儿子，不能常在跟前，已是不孝，如今父亲想要我回去一趟，我都不能痛快答应，这份内疚像只虫子，一点一点啃噬着我的心，心里的痛也一点一点张开，我感觉自己变成了父亲，孤独、寂寞而又无助。屋里很安静，侄子侄女们此刻都坐在那里默默地看着我。我以为自己呆愣的神情吓着了他们，赶紧放下话筒，这才发现，不知什么时候妻子进来了，她就站在我身后。她一定听着我打电话，来听我又给家里问出什么事了。

我望着妻子，眼神有点生硬。说句心里话，我不喜欢妻子这样，打电话的自由我还是应该有的。

妻子看懂了我的眼神，把手搭到我胳膊上，轻轻地说："既然老人叫你回去，肯定有重要的事，依我看，你还是想办法请假回去一趟得了。"

四

年后的火车票好买多了，去火车站买好票，我拐道去了动物园对面的服装城，趁妻子还没注意，我凭印象买了件羽绒服，与妻子给我买的那件差不到哪儿去。天气还冷，又是回老家，妻子肯定会提醒我穿那件羽绒服，我把工作做在前头，免得到时编造谎言。

生活中其实有很多谎言。

父亲说了谎话，他的身体看上去很不好。才一年没见面，父亲已经瘦得只剩下骨头，脸上的肉叫岁月消解得没多少了，深陷的眼窝，两颗失去神采的眼珠静静地望着我。但那份静里，更多是干涸的河床一般的干瘪、瘦弱和空洞。我都走到跟前了，他居然没认出我来，父亲像个被抛弃的孩子，用干枯而安静的眼神看着我，等着我的认领似的。我心里一颤，眼泪夺眶而出，才叫了声“爹”，泪水就淹没了我的心。父亲从声音里辨认出我，枯干的眼神瞬间有了亮光，他哆嗦着身子要爬起来，我赶紧去扶，他抓住我伸过去的手，眼泪从干枯的眼窝里涌了出来。我把父亲扶靠在被垛上，手掖进被子里，在被窝里他仍不肯放开我的手，手上的劲不大，可我知道，父亲已经很用力了，只是，他老了，他身体里的力量已消耗得差不多了。我心酸酸的，任他抓着我的手，泪眼模糊地端详我的脸，过了半晌，父亲才说：“我不是在梦里吧，电话里你不是说不好请假，咋就回来了呢？”

“我……”我咽了口唾沫，答非所问地说，“过年时本来要回来的，可我刚学习回来，该轮到我值班了。”其实，过年时我最不愿回老家，一是怕老家的寒冷，那冷像锥子似的一点一点旋着刺进肌肤，再刺进骨头，穿多少衣服都不顶事，我还好些，妻子就不行了，冻得连走路都“咯吱”着牙；二是怕走亲戚，走来走去，最后总要带些麻烦事回来，真应了妻子那句“老家的事都是我问出来的”。所以，过年我不愿意回家，每到年底，总是找各种借口。

“干人家的事，就得服从人家的管，现在能回来也一样。”父亲倒安慰起我来，他抹了把泪，看看身后，见我只身一人，大哥没有跟过来，才压低声音又说，“我叫你回来，要对你说，我不想和老大一家过了，你把我和他分开吧，我一人过！”

我这才弄清楚，过年时下雪，父亲上茅房时摔了一跤，腿受了重伤，不能走动，大哥平时并不怎么管父亲，要不是看在我出的那两百块钱分儿上，他恐怕连一天三顿饭都懒得替父亲操心，大嫂更指望不上，过年期间要不是我姐来给父亲端屎倒尿，还不知弄成啥样子呢。打了几次电话回家，都是大哥大嫂接的，竟没说过一句父亲摔伤的事，在他们眼里，父亲摔倒也是再正常不过的事情。更可气的是，出了这么大的事，我那几个侄子回来后，居然没一个人告诉我。看样子不是他们有意瞒我，而是他们根本就不知道他们的爷爷摔伤了，就算知道，对他们来说，那也是不值得一提的小事，比不上他们追逐的某个明星生个孩子搞个绯闻更轰动震撼。

真是亲情薄如纸啊！

我流着泪要带父亲去医院看腿，可他坚决不去，只要求尽快叫他气顺过来。父亲早就提出要和大哥分开过了，原因是大嫂动不动就给父亲脸色看，吃饭的时候摔东摔西，还指桑骂槐，现在，父亲的腿脚不利索，更不用说了。我原来给大哥暗示过几次，叫他多尽尽孝心，别什么都推给大嫂，毕竟我们是亲生儿子。大哥总是不以为然，说大嫂对父亲贤惠着呢，一天三顿饭，顿顿不落。还反过来问我，是不是爹说你大嫂什么了？爹年纪大了，凡事就爱往心里去，你大嫂有时候心情不好，他就觉得是冲着他来的……

我还能说什么？理都是人家占着。但现在不管怎么说，不能叫父亲这么大年纪，还拖着一条伤腿，一个人孤独地过日子呀。

“不是给你说过了，”我有点急躁，“万一有个闪失……你身边没个人怎么行？”

父亲说：“咋叫没人呢，我有五个儿女，先走了一个，还有四个嘛，孙子也一大堆呢。你别担心，我一个人能行！”

“是不是大嫂又说什么了？”我说，“我找大哥，不，我找大嫂说去。”

父亲一把抓住我，说：“别去，老大媳妇没说啥，是我自己想一个人过，这次，确实没她啥事。”

“可是你一个人生活有很多不便。现在天气这么冷，你的腿还伤着，这叫我怎能放心？”

父亲躲避开我的目光，这才期期艾艾地说道：“如果——你这次回来，能带走……带走你大嫂的侄女小红去北京，我就不和他们分开过喽……”

这是啥话？大哥的一儿一女都已成家有了孩子，女儿嫁在邻村，儿子是村小学的校长，生活条件都还不错，用不着给我添麻烦。这也是我一直容忍大哥与我在金钱上斤斤计较的原因之一。我以为大哥至少不会有三哥那样的麻烦事丢给我，没想到现在又冒出了这个茬儿。我心里清楚，肯定是大嫂在作怪，她觉得父亲养在自己家里，她又没像二嫂、三哥那样把孩子扔给我管，吃了大亏，所以才想出这招，要拿自己娘家侄女做交易，来填平她心里的不平衡。

父亲说完这话，像完成了一项大工程，终于

松开了我的手，轻声叹了口气，头倒向被垛，沉默地、茫然地望着朝北的唯一窗口。窗外面是一堵土院墙，土墙上几根枯草，在寒风中飘飘摇摇，欲掉不掉。土墙不是太高，父亲的目光能越过土墙看到更远的地方，是连绵的山峦，在灰扑扑的天色里，朦胧成与天接近的雾岚。这样的景在诗人或画家眼里，或许就成了诗，入了画，但在眼色昏沉的父亲心里，没有一点儿颜色的景致，是多么苍凉啊！

我背过父亲，跟大哥说起这件事的时候，大哥竟然一脸无辜："老四你想到哪儿去了？我会出这主意？连你大嫂都没想到把她侄女送到北京你那里去。实话告诉你吧，这是爹自己想出来的，他认为你二嫂、三哥都给你托付了孩子，唯独我没有，我还照顾着他，他心里老不踏实。"

"看来爹是越活越明白了。"我这样说时，心里突然不再坚持原来的观点了。其实有时候，人都打不开心里的结，老让那个结拧着自己的思维，"那就依爹的意思，把他分开单另过吧！"

"老四，你这是干啥？"大哥跳了起来，惊愕地看着我，"传出去，像是我对咱爹不好，把他撵出去似的。"

我说："你放心，我不会在村子里乱说。这主要是咱爹的意思，他说了好几年，我现在是满足他老人家的要求，你就不要拦着了。”

这回，大哥没急着回答，挠起了头皮。过了一阵儿，他才说道：“既然你说是爹的意思，我也不能做不孝之人。我同意就是了。”

我没想到，大哥竟然这么好说话。可接下来的事证明，我想的还是太简单。说到具体分家，才发现事情比我想象的要麻烦。父亲一直住的是大哥家的房子，老屋早就拆除，我在老家没一间房屋，父亲住哪儿？我与大哥商量，父亲毕竟不是我一人的，就当是父亲从你这里借一间房住好了。至于父亲的生活，我可以雇个保姆来照顾。

大哥点上一支烟，这才不紧不慢地说：“老四，你何必把话说得这么难听呢？啥借不借的，爹不一直在我这儿住着嘛，我啥时候说过不让他住啦？我不是还一直照顾着他来着？咱兄弟几个，就我一人照顾着老人，我有过怨言吗？爹要单独住，我顺着，房子，他住着，我也是他的儿子不是。”

我松了一口气，有大哥这句话就行。只要有地方住，父亲觉得顺气，一个人过着倒也清净。问题就这么解决了，我长舒了一口气。

这时，大哥却又说道：“老四，你在外面混了这么多年，咋考虑问题这么简单呢？你也不想想，咱老爹又不缺儿子，孙子也一大堆，临到老了，怎么还雇个保姆来伺候他呢？你不在家住着，外人说啥你也听不到，可你叫我这张老脸往哪里搁？我照顾爹这么多年还没落个好，你让我在村子里还活不活人了？”

闻讯赶来的二嫂、三哥，还有姐姐，明白了我的意思后，竟然全站在大哥的那边，对我不满。

姐姐说：“可不能让咱爹一个人过，真这么做，人家要用屁股笑话咱哩。如果你们觉得合适，我把爹接过去住好了。”

二嫂打断说：“这像啥话？咱爹生养了四个儿子，才死了一个嘛，到闺女家去住，人家就不用屁股笑了？”

姐姐顿时泪眼婆娑，哭道：“我说错啥了？谁说老爹就不能住闺女家了？”姐姐的儿子虽然没和她断绝关系，与女朋友在广州发展，偶尔能给她打个电话，但连过年都没回来。所以，姐姐现在很脆弱，动不动就哭。

哭声惹人烦啊。

大嫂一直在门口站着，见姐姐和二嫂争着要接爹过去，大哥也不吭一声，她忍不住了，尖着嗓门叫道：“我们做错啥事了？以前你们咋就不想着把爹接过去？现在，你们咋咋呼呼的，也不看爹是啥想法。”

二嫂撇撇嘴，不失时机地说道：“爹的想法还不清楚吗，要过得好，他能一个人过，叫人家笑话咱?”

三哥冷笑两声：“哼哼，搅吧，搅吧，你们就这么搅和吧，人家已经看咱笑话了。”

父亲有气无力地叫道：“你们别争了，我谁家也不去，就一个人过。”

为父亲赡养费的事，二嫂和三哥一直都憋着气，与其说他们是为老爹考虑，倒不如说是惦记着那点儿钱。我扫了眼大哥，他毫无表情地看着一个地方，好像那个地方在演戏，他看得入了迷，忘了外界的其他事。姐姐还在抹眼泪，有无尽的心酸似的。三哥似乎为证明他以后会对父亲好，已经坐到炕上父亲的身边。大嫂和二嫂紧紧地盯着我，那样子倒像是我说了对她们不利的话，她们随时准备扑上来封住我的嘴。

我知道大哥不吭声，是想叫我难堪，说来说去，他也舍不得扔下每月的二百块钱，他说是照顾父亲，除了一天顺带的三顿饭，父亲何曾受到过他的照顾？我在心里冷笑了一下，想都没想就说：“为不使你们被人笑话，我决定把爹带到北京去养老……”

大哥猛地抬起头，惊讶地看着我。姐姐也不

抹泪了，湿漉漉的眼睛看看这个，瞅瞅那个，嘴动了动，终究什么也没说。三哥叹息一声，很小心地问道：“老四，你说得轻巧，你……媳妇，她能允许？”

父亲很敏感，拍着炕席叫道：“我不去北京，那里不能土葬，我死后不要被烧成灰！我谁家都不去，你们把我抬到阴沟里活埋掉好啦！”

五

妻子其实还是很通情达理的。我给她打电话说了父亲这边的情况，她二话没说，叫我把父亲带回北京好了，一来给他治疗腿，二来叫他暂时离开那个环境，心理上可能会少些压力，情绪慢慢会好起来。

有了妻子这句话，我没了后顾之忧，就把父亲“挟持”到北京。父亲不愿跟我走，这会儿已由不得他，我抱着他上火车，他阻止不住我，干瘦无力的手拍打在我身上，像是给我拍打灰尘，但他把我拍得眼窝发热，一路上泪水涟涟。

离开老家的时候，除了姐姐拿来父亲的几件换洗衣服，抹着泪送我和父亲到车站外，大哥和三哥连门都没出。看来，他们对我的做法还是有保留意见呢。

到了北京家里，妻子早已把另一间卧室收拾利索，给父亲准备好了住处，她一改往日对待我侄子们的冷淡态度，为父亲端饭倒水，甚至陪着父亲看电视。妻子的这种态度让我心生疑虑，她在我面前从没如此贤惠过，我都怀疑这不是那个动不动就跟我抬杠给我冷脸的妻子了。我断定她的热度只有三天，她对很多事都是这样，一开始投以极大的热情，很快就兴趣全无。妻子看出我的疑惑，她对我说，爹妈只有一个，我们不能对带我们来这个世界的人有半点不恭。对我的那些侄子，还有老家的兄弟，她也不是故意要跟谁过不去，只是看不惯，他们什么事都不自己去努力，全依赖我，不见得是好事情。我当然知道侄子们这样依赖不好，可怎么办呢，谁让我比他们生活有保障。

我提前休今年的假，在家陪父亲。行动不便的父亲在我这里得到了莫大的慰藉，情绪慢慢平静下来，也许是妻子积极的态度让父亲很安慰，他枯干的脸上开始有了笑容，慢慢地跟我妻子会说一些老家以前的事情。父亲不会说普通话，他满口的老家话我妻子根本听不懂，但妻子表现得很有耐心，不管父亲跟她说什么，她都认真在听，听懂了哪句她就高兴地跟我说她听懂了。父亲很高兴，终于有个媳妇能安静地坐在他跟前听他说话，而不是不耐烦地摔摔打打。看父亲情绪一天天好起来，我才跟他提治腿的事。父亲怕治腿要花很多钱，我妻子会不高兴，他拒绝去医院。我给妻子做工作，叫她出面劝说，妻子劝父亲，只有他身体好了，我们才能省好多心呢。父亲见儿媳妇这么说，才同意了。

积水潭医院是北京最好的骨科医院。这天凌晨两点钟，我就起床去积水潭医院排队挂专家号。在北京看病难的第一关口，就是挂号难，所以必须早早去排队挂号。我在街道边等了好久，半夜里很难打到出租车，好不容易过来一辆，还是载有客人的。初春时节，北京的风大，冻得我直打哆嗦，再等下去怕耗时间，到医院排不上队，我想着去西客站打车，那里的车肯定多些。从空无一人的南广场走过，被寒风推进西客站地下广场，看到出站口有几个人影，大概是些旅店的托儿，抑或一些接站的人，他们像排练过似的，都把头缩进衣领，盯着列车时刻显示牌发呆。我从他们跟前走过时，他们像看到怪物，歪着头表情木木地冲着我看，我快步离开，从地下近乎跑步出来。到北广场出租车站，躲过几个黑车司机的纠缠，打了一辆明码标价的出租车。

这时候的北京已显出倦态，无数的霓虹闪烁

出一片寂静，像个富足的中年女人，尽管一脸的盛妆，一身的繁华，却无法掩饰其苍凉和清冷。出租车跑得飞快，司机沉默得很，也许他跟我一样是倦怠的，而倦怠吞噬了我们所有说话的欲望和激情。

这个时间段，是北京交通最佳时间，一路畅通无阻，但是赶到积水潭医院，我还是晚到一步。挂号室前面几乎没几个人了，我心往下一沉，心想坏了，今天的专家号肯定轮不到我，果然，问旁边的几个疑似号贩子的人，他们爱答不理地摇头，懒得跟我说一个字。我心里明白，比我来得更早的人已经买完号贩子的顺序号，只等早晨上班后再来领取正式的挂号单了。这些号贩子全是医院附近的痞子，他们卖顺序号，与医院毫无关系，医院却制止不了，他们谁都不怕，连警察都拿人家都没办法。

总不能白来一趟吧，明儿个来得再早，还得从这些号贩子手里买号，不如现在多出点钱买上算了。我凑近一个看上去面善些的号贩子，问他还有没有号。他肉乎乎的大脑门在我面前一晃，斜了我一眼，不耐烦地说道："第一次来啊！"

我点点头。

"五百！"他抬腕看了一眼表，"啥点了，还以为是在你们村医疗站看病啊。"

狮子大张口，他把我当成外地来京求医的了。我心里不悦，掏出证件递过去：“朋友，差不多就行啦，大家都不容易。”

他不屑地扫了一眼我的证件，根本懒得细看，不高兴地说：“你不懂规矩啊？这玩意儿不顶用，我的朋友是钱。五百，一分不少。”他明白有能耐的都找关系看病，能来这儿排队挂号的，也不能把他怎么着。

我直直地看着他。他这回正眼看我了，瞅了会儿，突然说：“怎么着，仇恨上我啦？没办法，我也得养家糊口，不像你们，月初屁都没放一个，就拿足了本月的工资。我们——没法跟您吃公家饭的比啊。”

我讨厌与这种人扯淡，转身就走。他却在后面喊：“嘿，哥们儿，就这点儿气量啊？留步吧您哪。三百块给您了，这大冷的天。”我本来是想走的，可一想，已经起这么早赶来了，我受点冻没什么，可父亲的伤腿越拖他越受罪，犯不着跟这种人怄气而耽搁父亲看病。我已打听过行价，三百块已经是比较正常的价格了，谁叫咱没本事呢。我掏出三百块钱，买了一张写着顺序号的牛皮纸，上面竟然还明目张胆地盖着红印章呢。凑到眼前看那个印戳，模糊一团根本看不清，我对那个用验钞笔正在验钱的大脑门说："哎，这个戳怎么看不清？"

他吸溜了一下鼻涕："要看那么清楚干吗？能挂上专家号就成。"

天亮上班后，挂上了专家号。我把父亲接过来，到专家那里一看，说是父亲的腿伤估计没啥大碍，拍张片子看看就知道了。片子出来后，专家说骨头没有大伤，只是人老了，经不起摔，休养几个月就可以了。我说要不要再做个CT？现在CT很热门，到很多医院看病，要紧不要紧都得让你去做CT，好像只有做了CT才能诊断身体的状况。专家笑了，说我父亲的伤真没大碍，其实就是当时摔倒，伤了肌肉，骨头伤得不重，没必要做CT，根本就不用大的治疗。除了两瓶外用药，专家连口服药都没给开。我挺感激专家，不给病人胡乱开药，省钱，人心里也舒畅。可是，父亲有点不大乐意，他的腿疼得不能行动，什么治疗都不给做，也不吃药，这算治的哪门子病？他伏在我背上嘟囔着，我累得喘不过气，没理会他。

回到家，父亲还在说他的腿，好像我不相信他的腿有问题，他装病似的。我没法与他说清楚，干脆出去买了个轮椅，这样，就表明我是相信父亲的腿的确不能走，得坐轮椅才行。父亲见我扛回个轮椅，很不高兴，嫌我买轮椅没征求他的意见，坚决不坐。我知道他心疼钱，就骗他说，这个轮椅是在一个朋友那儿借的，不花钱，父亲这才疑惑地坐了。天气还没转暖，不能到外面去，父亲只能坐着轮椅在屋子里转，有时，我把他推到阳台上，尽管他坐在轮椅上只能看到外面的高楼和蓝天，就这，他已经很满足了。

爷爷来北京看病，我的侄子侄女们全抽时间来我家看望。说是看望，他们一个个都空着手，没一个想到买点儿水果或者别的什么，他们连点儿最基本的常理都不懂。他们似乎与爷爷的感情很淡漠，几句客套话，就扔下爷爷，在一边扯自己的那些破事，什么要遵守上班时间起不了床啦，老板管得严啦，工资太少不够花啦。他们说的是带家乡口音的普通话，父亲坐在沙发边上，听不大明白，却很认真地看看这个，又望望那个，人家说到高兴处，开心起来，他也跟着面带微笑，仿佛那些他听不明白的事与他自己有关似的。几个孩子兀自说着，没人理会爷爷，谁也没打算让爷爷分享一下他们的快乐。父亲并不在意孙子们对他的态度，他开心的是大家因为他而聚在一起，他时不时地从我妻子为他准备的水果盘里取个苹果递给这个，掰个香蕉喊那个，孩子们接过水果，没人顾及他眼神里的期盼，依旧只顾说笑他们的。

父亲的轮椅靠窗口放着，小霁发现后一惊一乍地推过来，坐上去非要小林推她，小林推完小霁，他也坐上去试，两人玩得异常开心。只有小泉，在一旁冷着眼神看，完全不像另外两个表现得很孩子气。父亲爱孙心切，见小泉只是看，大概以为小泉羞涩，便喊他也坐上去试试。父亲忘记小泉的腿受过伤，走路一瘸一拐，他心里只是把那当成一个游戏，不想这个快乐的游戏里缺了小泉。见小泉不理他，父亲还是坚持叫小泉坐上去。小泉烦了，突然间冲爷爷发起火来："我还没到走不动的地步，你是想看我的笑话还是咋的？"

我父亲脸上的笑凝固了。一抹阳光从窗口斜射进来，刚好照在父亲的半个脸上，他的脸色看上去黄得很不自然，深深的眼窝里蓄满了明晃晃的液体。

我从厨房的忙乱中冲出来，回到客厅只看到父亲突然的变故，不知道他怎么了，在侄子侄女们的热闹声音中，我没有问，老人其实也跟小孩子一样，情绪波动大着呢。

但从此以后，我父亲像我妻子一样，不爱搭理他的那几个孙子孙女了。

六

由于工作之便，小林在网络上认识了不少人，他的想法也越来越多，总觉得满世界都是钱，所有人都能捡着，唯独他弯腰弓背，辛辛苦苦却什么也没捞着似的。最近，他又提出不愿在我朋友公司干了，给别人干挣不到大钱，他想自己单干。

我说这个想法好啊，年轻人就要有闯劲，这种奋斗精神可喜可贺。虽然这么说，我心里却有底，我太了解小林了，他是语言的巨人，行动的矮子，他和小泉不一样，没有小泉敢说敢干的劲头。

小林见我赞成他的想法，便给我看他收集的一大堆能挣到大钱的资料。我装作认真地翻了翻，都是些不靠谱的，比如生产线圈、钢丝，批量印发小广告，甚至还有打着合资名义的传销和办假证的。出于亲情，我对小林说："生产线圈、钢丝，似乎还可以，对怎么生产，销到哪儿去，这都有待进一步考察。但印发小广告、办假证，尤其是传销，可都是违法的，小林，咱可不能干法律不允许的事情啊。"

"四爸你放心，"小林拍着胸脯说，"我心里有底，肯定不干出格的事。"

“这就好。”我说，“只是，我得给你泼点凉水，凡是能挣到钱，你能搜到的，不知有多少人都看到了。”

“这个我明白，我要创业，那只准成不能败，肯定会找保险一点的。”小林一副要干大事业的样子。

我笑笑，但愿他能真的独立自主，不给我添麻烦。

这阵，我的心思全在陪父亲上，休假满了，单位事情倒不太多，但得去坐班。妻子也要上班。北京太大，我和妻子的单位离家都比较远，中午得在单位吃食堂，把父亲一人留在家里显然不行，他不会做饭，连煤气灶也不会用，就算会用我们也不敢让他做，年纪大了，爱忘事，万一哪天忘了关煤气灶，那就出大事了。于是，父亲的午饭就成了问题。我也想过找钟点工每天给父亲做午饭，可妻子反对，说现在的人复杂得很，让一个陌生人进到家里，就一个弱不禁风的老人，万一那人手脚不干净呢？反正是左也不成右也不行，我和妻子商量后，便在我的单位附近租了一间小平房，把父亲安置在那儿，平时由我陪着住，每天三顿饭从单位食堂打过来，周末再和父亲回家里住。反正天也渐渐暖和起来，住在小平房里也不显太冷。

父亲见给我添了大麻烦，又担心租房花钱，只住了一星期，就嚷嚷着要回老家，说他的腿好了，一点都不痛了。我说你的腿还没好利索，需要调养，回去没人照顾，还是在我身边待着吧。父亲坚持要回，我坚决不同意。他的情绪好不容易才放松下来，这一回老家，日子又恢复到以前，还得叫我担心，不如留在我这里。父亲回不去，整天闷不作声，一个人待在屋子里发呆。

天气一天比一天暖和起来，路边的草坪像用油冲洗过，绿得黑亮，看着叫人心里舒坦。北京的天空也出奇的明朗，阳光干净、透亮，柔软而温暖。大自然似乎不忍破坏这份美好，风也变得轻软许多。到外面活动的人多了起来，靠阳面的墙根下，像父亲一样一脸褶皱的老人惬意地晒着太阳，他们恬淡安静，从容不迫。每天中午吃过饭后，我坚持推着父亲出去转悠。看到那些坐在暄软的阳光里的老人，父亲的脸上渐渐会露出一丝笑容。慢慢地，父亲情绪又稳定下来，不再提回老家的事了，只是他的话更加少，不到万不得已，不多说一个字。

这个星期天，小林来找我，说他终于找到挣大钱的机会了，他进行了全面摸底，这回得抓住机会。说到“机会”时，小林把手一握，有力地挥动了一下，好像那一握一挥之间，机会已攥在他的手里。

小林说的机会是丰台火车站那里有人转让一家小型印刷厂，设备厂房，连同业务一体化全部出售。小林说搞印刷只要有厂房设备，肯定能挣钱，成本低，效益高，要是脑子灵活点，钱是稳赚的。

我疑惑地问：“既然赚钱，人家又经营得这么好，为什么会转让？”

小林得意地说：“我就知道您会这么问，您太小看我的智商了，要做大事，就得有谋略，我能莽莽撞撞？我早就了解过啦，这个印刷厂老板的老婆、女儿全在加拿大定居，他们在国外买了别墅、花园，都是靠这个印刷厂挣的钱买下的，效益够可以吧。现在人家钱挣得差不多了，想去陪老婆女儿，在国外发展更大的事业。”

说的好像在理，可人家的钱怎么挣的，能轻易告诉你？再说了，一个小型印刷厂要挣出在国外发展更大事业的资金，听上去有些悬乎。况且我也不懂印刷行业，到底有多大市场，能有什么发展，一点儿底都没有。见我犹豫，小林又说：“您的想法我全知道，印刷行业的情况我也摸得差不离啦，大型印刷企业一般都只接大批量，咱不说，就说小型的吧，因为小啊，方便，随时可以开机印。您也清楚，现在要印刷的东西实在太多了，好多公司、企业需要的外包装、宣传用品，包括各种小广告，嘿嘿，他们都得印，这种活儿大厂不接，划不来啊，开一次机就得赔死他们，您说那些公司不到这种小厂来印能到哪儿去？还有，您看市场上好多盗版书，都是小印刷厂干出来的。四爸，不是我吹牛，就这种业务，我还没开干呢，就可以拉来一大堆，不是我吹，就我现在认识的这些公司，哪家没有一些印刷业务？”

小林说得兴奋，脸上的几颗青春痘饱胀得像一滴滴红墨水，要从脸上飞落下来似的。

“哦！”我点了点头。看来这小子没白在北京混，不管他话里有多少漏洞，但至少知道他在做事之前做过市场调查。可是，我突然想起一件更重要的事情，“有一个最关键的问题，你的资金从哪里来？”

小林狡猾地一笑：“这不找四爸您来了？”

“找我？”果然又跟我能挂上钩，我条件反射般向身后看了看，其实妻子不在家，我只是对那句“问出来的事”比较过敏。明摆着是个圈套，我还是一步一步把这个圈套给问到了跟前。

“那得多少钱？”哪怕头伸进了圈套，我还是忍不住问。

“三十万！”小林轻描淡写地说，“这是收购厂房和设备的钱，属前期投资。只要机器开动起来，就像印钱一般，咱们很快就会有收益的。”

“是你，而不是我们！”我把头从圈套里缩回来，说，“小林，你还是把问题简单化了，你给我说这事之前，就没想一下，你四爸能拿出来这么大一笔钱吗？”

小林又是一笑：“看您说的，我能不考虑这个问题嘛。我没说要您拿钱啊，知道您也不可能有这么多钱。我是托您给办贷款，您在北京，有根有基，贷款方便。用不了一年，连本带息肯定还清，说不定，年底就能见利，到时少不了您的。”

“还是别提我了。”我打断小林，“你以为我是银行的行长他四爸啊，贷款有你说的那么容易！”

小林像霜打的树叶，耷拉下来了。

那几天，三哥不断打我手机，每次铃声都响一下就挂断，等着我回过去。这次，我跟三哥铆上了，偏不给他回电话，不想听他帮儿子小林提贷款的事。我更生气的是，他可以为儿子一次又一次地找我，怎么从来不在电话里问一句父亲怎么样了。可是，三哥这次打电话很有耐心，也很讲究，基本上是上午两次，下午一次，他打电话的火候掌握得非常精确，拿准了号码可以显示而我又不可能那么快接通。可偏有一次叫我抓住了机会，第一声铃没响完，就叫我下意识地按了接听键。三哥显然没有思想准备，完全在意料之外，他吃惊不小，竟然不知该挂断电话，还是该和我通话。

就在三哥犹豫之间，我在电话这头已经喊叫开了："喂，三哥吗，你说话呀，你打了几次电话我都没接上，咋了，有事啊？"

三哥的大脑还没转过弯来，显见给我打通长途电话的事多么震撼着他，他吭哧道："我，我也没啥事，就是——想问一下——"

我干脆利落地接过他的话说："嘀，是想问候一下咱爹啊，他老人家在呢，瞧把咱爹高兴的——你等等，我把电话递给他接听。"

"不不不，爹好着就成，我不和他说啦，还有急事，挂了啊！"

"咔嗒"一声，躲避不及似的，电话急急忙忙挂断了。

事儿赶着趟儿，小林的幻想刚破灭，姐姐的儿子罗竟那边又有事了。他们在广州待了将近一年，一边打工，一边狂热地追求艺术，这期间，罗竟的女朋友白莎莎认识了一家星工厂的老板，很快打得火热，白莎莎回头再看罗竟，除了皮囊比老板好外，再没有一点可比性，曾经在她眼里，罗竟的那点艺术味道就像擦在皮肤上的酒精，早不知挥发到哪里去了，白莎莎二话没说，把罗竟甩了。

我在电话里听着罗竟哭哭啼啼地哭诉，心里特别烦，真是出息到家了，被女朋友甩了都找我，还哭成这样，连“丢人”两个字怎么写可能都忘记了。

但是，在这种时候又不能打击过头，我尽量装作心平气和地对罗竟说：“你别哭了，不就是和女朋友分开了嘛，没啥大不了的……”

谁知我这话还没说完呢，罗竟刚刚平息的哭声又波浪似的涌上来，他冲着电话喊道：“四舅，我还以为所有人当中你最能理解我的感受，看来是我错了，你跟他们一样不懂爱情。”

我哭笑不得，看看，这又是一副要捍卫爱情的架势，罗竟以为自己懂爱情，可照样被他所谓的爱情耍弄了一把。我说：“好了好了，你别忙着哭，到底想跟我说什么，好好说事情吧。”

“四舅，爱情丢了，我的心也空了，属于我的天空一片黑暗，啊，属于我的前途迷茫如烟……”

“好啦，够啦。”我打断他，“你再扯别的，我就挂电话了。”

罗竟这才哭泣道：“我现在啥也没啦，真不想活了！”

这种腻歪的小男生腔调，听得我起了一身鸡皮疙瘩，我当然知道罗竟并不是真的不想活，殉情，不过是个神话，而这种神话离我们的现实生活实在遥不可及。我没好气地说："别说这种话啦，我不爱听。说点具体的。"

"这就是具体的呀，你是我舅，我最信任你，你都不爱听，我还能说给谁听去？"

罗竟居然撒起娇来，刚才还春雨淅淅，转眼就叽叽歪歪，这哪像是不想活的人？！我拿他一点办法都没有，无奈地说道："好吧，我是你最信任的舅舅，现在，你认真跟我说一说，到底有什么想法。"

"那我就不说别的了。"罗竟还有自知之明，"我没脸回家见我妈，想上北京找你去，四舅，你不会不要我吧？"

"我……"这可是我逼人家说的，打肿脸也得充胖子了，"我没说不要你啊，你来就是了。不过，你高中毕业，没有文凭，我到哪儿去给你找事做呀？北京可是伸手一抓，全是本科以上的人才，这个问题你考虑到没有？"

罗竟说："我就是考虑到这个问题，才想到你嘛。人家都到这个份儿上，你作为长辈，不帮说不过去吧。"

这说话的口气，倒像他是我的长辈，在劝说我似的。

我不知怎么跟妻子解释罗竟要来北京这件事，但又不能不说。妻子听我说完，什么话也没说，脸上的表情淡得如一杯凉水。我想她肯定麻木了，而且麻木得连抱怨的话都彻底想不起来了。

罗竟来的那天，我得上班，他是第一次来北京，怕他找不着，我想着叫侄子们去接一下站。叫谁去呢？小泉仓库那边肯定走不开，小林眼下的情况，不便跟他联系，就是联系了，他也有各种借口推托掉，还不如不给他打电话。考虑来考虑去，我想到了小雰，只有她在时间上可以调剂。怕她上课受影响，我给她手机发短信把情况说了。过一会儿，小雰竟然急急地打电话过来："四爸呀，我还没来得及告诉你，我正在一个电视台实习呢，这是个绝好的机会，课不上了，在实践中更能学到真东西。我刚来时间不长，请假不好，接人的事，你还是叫哥哥他们男生去吧，啊！"

我没说上一句话，小雰已经挂断了电话。不过，我一点都不生小雰的气，相反，心里倒很高兴，还是这小丫头让人省心，都知道自己奔前程了。我心里高兴，又给小丫头发了条短信，祝贺她迈出了非常宝贵的第一步，希望她事业有成。最后，我告诉她，安心忙你自己的，接人的事我自己去，不要你们这帮孩子分心。

我请假去车站把罗竟接到家里，罗竟的情绪很低落，因为是第一次到北京，妻子虽没有对他表现出多么大的热情，可言语之间还是有开导他的意思，这叫我很欣慰。我也知道，并不是妻子接受了我的这一个又一个侄子、外甥，而是她懂得了我的无奈。说白了，我其实也不想揽这些事，但血脉相连，总狠不下心不管不顾。

想着罗竟感情受挫，失意是肯定的，又是初来乍到，对北京一点儿都不熟悉，我还是叫他在我家多待几天，平息平息内心的波动，再说找工作的事。父亲见到外孙也很高兴，就让罗竟先陪陪他外公，中午到外面买点吃食，我就不用带父亲去那个租住的小屋，老惦记着父亲一个人太寂寞了。

可是，没几天，父亲偷偷对我说，快点给罗竟找个工作让他干去吧，这孩子再待下去非疯了不可。我心里一惊，忙问怎么啦?

父亲说:“你们在家，他还好点，能说几句话。你们一走，他就不对劲了，我跟他说话根本不理，电视也不好好看，开了关，关了又开，要么就趴在阳台往楼下看，不知想干啥，看上去心神不定……”

我家在八楼，从窗户往下看，还是很有些风景的。我笑着对父亲说："没事，小孩子在家待不住。"

父亲说："可他也不愿出去，我叫他推我出门转转，他不乐意。我就说要嫌推着我累赘，你自己下去转转，只要记得回来的路就成，他支支吾吾，不知念叨些啥话，我也听不懂。"

"他是心里难过，情绪有些不稳定，慢慢会好起来的。而且，他在家里可以陪陪你……"

父亲打断了我："算了吧，我宁愿你上班时，一个人待在那边的小平房里看电视。我算是看出来了，这些孩子啊，也不怪他们，是我年纪大了，到了不被人搭理的时候喽。"他的脸上明显写满了失落和伤感。

我领教过孩子们对他们爷爷的淡薄之情，罗竟——想必和另外几个没多少差别。我赶紧安慰父亲："他只是不知道跟你说些什么——他在家好歹可以照顾一下你的生活……"

"他照顾我的生活？哼，还不知道谁照顾谁呢！这几天中午还得我给他找吃的——唉，算了，不说啦，你还是赶紧给他找个工作吧，眼不见，心不烦。"

父亲这么一说，我不敢怠慢，加紧给罗竟联系工作。我平时交往还算比较多，可一提到找工作，朋友们都无能为力。又是罗竟这种情况，没学历没经验的，根本找不到适合他的工作。小林的那种工作倒是比较轻松，可那是朋友给面子，小林已经很为难人家了，我要再去找他，说得出口吗？去工地当小工吧，我姐要是知道了，还不把我活活骂死。

最后，实在找不到别的，我只好把罗竟带到小泉原来干的那个小区物业公司，求人家收下罗竟当保安。这个工作不需要文凭，只要年轻身体好就行。罗竟还挺配合，没有挑三拣四，一眼就接受了这份工作。交押金时，他手插在口袋里，看着我说他没钱，他从广州来的时候就没钱了。我只好背着妻子先垫付上，谁让我是罗竟的亲舅舅呢。临离开前，我又给了他二百块钱生活用品费，罗竟连推让一下都没有，伸手接过钱，眼睛斜望着天空。

天空够博大的，博大到没有一点边线，却一点都不蓝，灰灰的，像块巨大的幕布，让人心里有着无穷的压抑。

七

立夏后不久，天气骤然热了起来，北京的夏天不见得有明晃晃的太阳，但一点都不减热度，是那种闷闷的热，能挑起你内心的狂躁却又无法确切地表达这份狂躁的热。天空总是灰蒙蒙的，看不到太多的变化，这种永不到头的气势，有时能使人绝望。

其实天还没真正热起来，屋子里就热得开空调了，尤其是晚上，不开空调根本睡不着。父亲的腿已经好得差不多了，生活基本能够自理。但他受不了空调的冷气，只要一开空调，他就说腿痛，还说夏天怎么能有冬天的感觉呢。我知道，他是对冬天仍心有余悸。为了父亲，我坚持不开空调，只要在屋子里，我就赤着上身，肩上搭条毛巾，不断地抹汗，倒也对付得了。可妻子没法忍受，她本来就是冬天怕冷夏天怕热的体质，对这种沉闷的酷热适应不了。我建议在我们的小房间里再装个空调，妻子又不同意，因为家里总有人来，我们把大点的房间留作客房，现在父亲睡着，又不好把父亲换过来，怕他心里有想法。我们睡的是最小的屋，一个几平方米大的房间再装个空调，实在不划算，只好买台电扇回家。电扇的风毕竟不如空调的冷来得舒服，妻子每每热得大汗淋漓时就不停拿眼瞪我。我只好装作看不见。这还只是小事，熬一熬也就过去了，反正白天上班时办公室有空调享受着。最关键的问题是，这阵子父亲的胃口不好，每顿饭吃不了几口，我带他去医院检查，医生说是天气太闷热，年纪大的人身体抵抗力差导致的，回家多喝水，不要过多运动就没啥大碍。这下，父亲见我们如此受闷热的罪，于心不忍，自己又吃不下饭，再次提出要回老家。妻子听了不说话，以前父亲说要回去她还竭力挽留。这下，我也有点儿心动。这段时间，虽说妻子表面没表现出什么情绪，可父亲还是在妻子面前显得很小心，好像手里捧个什么东西，不小心就会打碎。妻子看了心酸，可她不知怎么跟父亲交流，他们谁也听不懂对方的话。可以说，父亲在我这儿其实是度日如年。再说了，北京的天气，还没到七月，就热得受不了，再过一阵儿，恐怕父亲更难熬。

但是，父亲回老家，住又是个问题，当然，他还可以住在大哥家原来的屋里，可父亲的腿脚还不太灵便，尤其上厕所是个问题。在这边每次都是我扶他进厕所，他自己坐在马桶上解决。老家就没这个条件了，简陋的茅坑，别说大哥，就是雇个保姆，人家也不可能伺候你上厕所啊。得给父亲解决了这个后顾之忧，才能把他送回去。

我给大哥打通电话，说了父亲的情况。大哥在电话里沉默不语。这样也好，大哥不表态，那只好由我做主了。我说，父亲想要回去，他在这边极不习惯，天气热他又受不了空调的冷气，胃口也不好，吃不下饭，回去可能会好一点。

大哥还是不吭声，他肯定在心里盘算着，这个时候父亲回去，对他是利还是弊。

我心里酸了一下，父亲在他们心里都成多余的人了。这时，我脑子里突然灵机一动，又对大哥说："爹其实生活已经能自理了，只是上厕所不太方便，要不这样，我出钱把咱爹住的屋子改修一下，在屋子北面盖个卫生间，装上马桶，与屋子打通，这样就解决他上厕所的问题，也不用你们费太多的心啦。"

这回，大哥开口了："这倒是个办法。"

我心里的一块石头终于落了地，对大哥说："这事得劳烦你了，我在这边照顾着咱爹，没法回去，大哥你就找人开干吧，需要多少钱，你给我说个数，工程量不算大，尽快建起来，把爹早点送回去，我怕他在这里真扛不下去。"

"好吧。"大哥这次答应得挺痛快，总算没叫我失望。

过了两天，却不见动静，我忍不住打电话问大哥，他在电话那头火急火燎地说："你在北京当然不知道我这边的情况，这两天可把我累坏了，就没睡个好觉，整天奔波，找人设计，联系工匠，跑材料，你可不知道，咱这里要买个坐便器，得到省城的建材市场去才有。”

“是呀，是呀，这个情况我知道。”我说，“跑了两天，那啥时能开工？”

大哥说：“瞧你急的，我正要找你说哩，马上就是麦收季节，工匠很难找，人家都要忙收割，不愿意揽活。咱这不是急吗，急就得多掏钱。平时工匠每天只要五十块钱，眼下就得一百块，就这，人家还不一定干哩，还得雇小工吧，我一个人，再加上你大嫂，肯定忙不过来。再说材料，要雇车拉，雇人装卸，不行我还得亲自跟着去，这来来回回，哪样不花钱……”

我听得不耐烦，打断他说：“这我都知道，你就说吧，大概得多少钱？我马上给你打过去。”

大哥说：“我找人算了一下，老四，这可是行家算的，不是我呀。”

我真不耐烦了：“我知道，你说吧。”

大哥这才吭吭哧哧地说：“只是粗略计算的，大概得——两万多块钱……”

“什么，两万块？”我惊叫起来，“只盖一个小小的卫生间，比盖三间大房还贵啊？”

大哥不高兴了：“老四，你这话啥意思？好像是我要干什么似的，我跟你说清楚了，是找人算的，有些细枝末节还没详细算进去呢，像我和你大嫂，还有烟酒茶水，加上吃饭的费用，我都没往里面算，这不想着那也是我的爹嘛，咱也尽一份力。老四，你的话我算听出意思来了，我再说啥你也不会相信了，这样吧，我告诉你计价人的电话，你打过去一问就啥都清楚了。”

我挂断了电话。问那个计价的人，有什么用?

父亲回家的事就这样搁下了。可父亲待在北京的确很难过，他已经很少吃东西了，整天待在屋子里哪儿也不去，有时候，一个人趴在窗边不知道愣神看着哪儿。我感觉父亲像掉落所有叶片的干树枝，那稀薄的青绿的血液正一点一点从他身上挥发着，我却阻止不了这样的挥发。妻子见父亲的样子也怕出事，问我到底怎么办，她说再这样下去，父亲恐怕会出事的，还是把他送回去吧，父亲可能更适合老家那种环境。妻子可能是怕我多心，又强调不是她赶父亲走，而是真担心父亲眼下的状态。本来跟大哥联系的事是瞒着妻子的，她对钱的事比较敏感，但事已至此，我只好将在老家给父亲建卫生间的事跟她说了。妻子没有责怪我，只骂大哥太过分，都什么时候了，还在算计自己的兄弟，一个破卫生间，几千块钱的事，他狮子大张口竟然要两万，亏他说得出口。

“吴江，要我说，你干脆请假回老家一趟，自己找人把卫生间盖起来好了，不要叫你大哥插手，让他的好梦成空。”妻子气恨地说。

我犹豫道：“我也这样想过，可是老爹怎么办？现在把他带回去，我得顾着工程，没法照顾他。再说，卫生间盖好也不能立马就用，粉刷好还得放一阵，透透气，才能用呢。”

妻子笑了：“我还当什么事呢，这还不好办啊，老爹暂时不回去，不就得了。”

我说：“可爹……急于回家啊！”

“跟爹说说，先叫他放下心来，等你弄好了，就把他送回去。爹其实是心病，说通了，没了心病，也就轻松了。”

可是，我回家了，爹不就一个人在这里吗？

“爹他……不回去？在这儿怎么办……”

“哎呀，你放心去吧，我会照顾咱爹的。”

我跟父亲一说，他坚决不同意，而且眼泪汪汪的。他说要跟我一起回，看着我给他建房子。我说不是建房子，是卫生间，也就是厕所。父亲说一样的，他都一把骨头了，还有什么是不一样的？

我无语。

还没定下来到底怎么办，这天中午快下班时，三哥的电话就来了。这回，三哥没有玩只响一声铃的游戏，他很固执地等着我接听。我拿着手机想了好一会儿，也想不明白三哥这次怎么就豁得出去等我接电话。

电话一通，三哥大叫起来："老四，这下不得了啦，你侄女小霁可干下大事啦！"

好像小霁不是你的女儿，只是我的侄女似的。我没好气地问道："到底怎么啦？你尽说没用的，快说，小霁她怎么啦？"

"小霁——"三哥哭得呜呜的，"小霁这下可把咱吴家的脸丢尽了，她——她一个大闺女，还是个大学生，不要脸的，竟——怀上别人的孩子啦。"

"啊！"我这儿惊得可不轻。我什么都想到了，就没想到会是这个。

"啊，老四，你去找那个臭不要脸的，替我把她打死吧，打死吧。我不要这个臭不要脸的了，呜呜，我就没生养这个闺女……"

"行啦！"我吼叫道，"别乱号了，都这个时候了，还说这种话，要打你自己去打，我不去，打死人得偿命。"

三哥气恨恨地说："你不是她四爸呀，你不是在北京嘛，你要不管，谁管哪？小霁可是你给找的学校，难不成出了事，你就撒手不管啦？"

三哥这时候不哭了，像讨了多少年的债，忽然发现债主原来就在眼前等着他似的。我被三哥的话狠狠噎了一下，小霁的学校是我找的没错，难道我跟她说过要在学校整个大肚子出来?

我尽量控制住自己的情绪，对三哥说：“哥，你先别急，待我弄清楚小霁到底是和谁——在一起，好吧?”

“不急? 再不急，你和我就当外公了，而我们的外孙是个野种。”三哥又哭起来，“老天爷啊，我做下什么啦，为什么要这样惩罚我，小霁好不容易才上个大学，我都花进去三四万块钱学费了啊……”

三哥越哭声音越响，丝毫不顾及这是在打长途电话，而且是他打过来的。我听了一会儿他的哭声，愤愤地挂断了电话。中午一点胃口也没有，没吃一口饭，心里堵得像堰塞湖，我不知道接下来该怎么做。呆呆坐了近一个小时，才硬着头皮给小霁拨电话。我想问一下她，到底是什么情况。

小霁不接电话，她的手机始终开着，任我一遍又一遍地听她手机里曼妙的声音在唱“亲爱的你慢慢飞，小心前面带刺的玫瑰……”到下午上班时，我心里倒平静了下来，就是打通小霁的电话，她现在承认自己错了，又能怎么样? 该发生的还不是都发生了。唉，这个傻丫头，咋就这么傻呢，如今这事普通得跟走在路上被石头绊了一跤一样，爬起来，把绊脚的石头踢开不就完了，她怎么就不知道上医院把石头踢开，把肚子里的累赘处理掉呢？这事别说三哥气急了，就是我，当时听到这个消息，都浑身发冷，恨得牙根痒痒。

吃晚饭时，我的手机响了，一看是小霁的电话，我迅速扫了父亲和妻子一眼，不敢多说一句话，端起碗来到厨房才接听。

小霁说她中午睡着了，没听到电话，睡起来就到这个时候了。我还没来得及问她，小霁已预感到我要说什么，她急急地说："四爸你别生气，我有我的生活方式，之所以一直没告诉你，就怕你生气。我知道依你们的想法和看法，肯定觉得我疯了，更不会同意我这么做。"

我使劲咽下原本准备好的那些话，轻声对小霁说道："孩子，不管你有怎样的想法，眼下，你必须把胎儿做掉！"

"不行！"小霁尖叫起来，"孩子是我现在唯一的法宝，要是没有了，我可能会失去艾瑞。失去艾瑞，我活得还有什么意义？四爸，你不知道，艾瑞有多优秀，在这个世界上，再没有比艾瑞更优秀的男人了。"

“我不知道艾瑞是谁，也不知道你们俩是什么关系，将来会怎么样，你爸委托我，我就得对他负责，同时得对你的现在和将来负责。”我终于忍无可忍，生气地说道，声调也提高了许多。什么狗屁艾瑞，一个优秀得不得了的男人能瞧上你？你小霁是貌若天仙还是才高八斗？

妻子听到我的叫喊声端着碗跟进厨房，疑惑地望着我。

我用端碗的左手向妻子挥了挥，叫她出去。我又给小霁说道：“小霁，听我的话，好吧，咱先把孩子做掉，余下的事再说。就是你要和那个叫什么艾什么瑞的结婚，咱们也可以商量，是不是？但眼下得考虑现实一点。孩子，你现在还是学生，如果你不方便，四爸来想办法联系个医院，一定做得天衣无缝，绝不透漏一点风声……”

小霁在那头笑了起来：“四爸你在干什么，我又没做下违法的事，你真可笑。告诉你吧，我们学校都知道我怀孕的事啦，除你们——我们的亲人外，没有人大惊小怪。我做错什么啦？你们一个个指责我，说白了，还不是为你们自己，觉得我没嫁人肚子先搞大了，丢了你们的脸，嘿嘿，那是你们自己跟自己过不去。对不起了，我不能听你的话，为了我的将来，我必须把孩子生下来！”

电话里传出“嘟嘟”的忙音，像紧促的雨点，一声一声砸在我的心上，我没觉得有多痛，可难受啊。我恨恨地把手机塞进口袋，比三哥还要气愤。这都是什么事嘛，好像我拼死拼活要截断她的幸福似的。我摇摇头，对自己说，行啦，这都是我自己问出来的烦恼，谁也不怪。

妻子站在厨房门口，我最后跟小霁说的话她听得一清二楚，就算是傻子，也明白是什么事了。妻子端着碗静静地望着我。我把小霁的事简略地告诉妻子，但没说三哥电话里冲我喊的那几句，要不然，妻子肯定得把手里的碗扔掉。这回，妻子没说什么过激的话，只叹了口气，轻轻地说道：“吴江，你等着看吧，麻烦事还在后头呢。”

这个晚上，我严重失眠。

八

三哥说要来北京，女儿出了这么大的事，他在家待不住，得找到小霁，亲自带她去把肚子的问题解决了。我告诉三哥，先冷静下来再说，小霁有她自己的想法，而且根本说不通她，就算你来了，也不一定能奏效，弄不好把她逼急了，还弄出个三长两短来。

三哥拉着哭腔说：“那怎么办，总不能把孽种生下来再想办法吧?”

我也不知道怎么办。

三哥又说道：“小霁一直是个乖孩子，都是上那个什么狗屁大学，上成眼下这样的。”

我咬咬牙，心里告诫自己，三哥这是气急了，说话口不择言，并不是有心在责怪我。

见我还是没说话，三哥接着又说道：“要不，你替哥去找找那个叫什么艾什么瑞的，看他到底是个什么玩意儿，实在不行，还有个下策，叫他们——立马成婚。”

这叫什么办法，小霁说了，孩子是她唯一的法宝，由此显见那个艾瑞对她是没有结婚之意的。但让他来劝小霁打掉孩子，也是没办法的办法。我立马给小霁打电话，她却不告诉我有关艾瑞的任何信息。我威胁小霁说，如果她不告诉我，我就到她学校去问，既然大家都知道她和艾瑞的事，总有人知道艾瑞在哪里。这样一说，小霁惊叫起来，说四爸你别给我添乱了，我和艾瑞之间是我们自己的事，你又不是我亲爸，老掺和进来算什么事嘛。我也不要你们给艾瑞施加压力，我要他自己主动。

去他妈的，这都是些什么人，气死我了。再给三哥回话，我也顾不得他的感受，说你们家的事爱咋咋地，我净掺和这些破事不累死啊！三哥一听我的口气，就说他得来北京。我心想你爱来不来，条条马路通北京，北京又不是我家的。只是我家里太小，可住不下这么多人。

三哥说："我肯定得来，不然这事没法弄。我一会儿就给小林打电话，他是小霁的哥，得操份心，叫他先去做妹妹的工作。老四，我们家的破事确实不再麻烦你了，你事儿多，忙，我不敢多打扰。"

三哥说完就挂断了电话，口气里的不满像钉子一样，每个尖都朝我扎来。

九

这天晚上，我已经躺到床上了，手机响了，一看显示的是本地座机号码，我还以为是小林打给我说他妹妹的事呢，犹豫了一下，还是接了。接通一听，是个男人的声音，不但陌生，还很蛮横："你是吴江吗？"

"是我，哪一位？"我很不高兴，任谁在这个时候接到这样蛮横的电话都会不高兴的。

"你认识一个叫罗竟的人吗？"

我心里一惊，赶紧回答："当然认识了，他是我外甥。”

“我是海淀区上地派出所的，查到罗竟没暂住证，他的态度还不好，一点都不配合我们的调查工作，你拿钱来给他补办暂住证，并且交罚款吧。”

奥运会前，各方面查得很紧，尤其是对外来人员的暂住证查得更紧，罗竟当着保安，也难逃脱。但这不是什么大事，补办一个证就没事了。我悬着的心这才放下来，没好气地说：“对不起，我不会来的，让罗竟在你们那里蹲着吧。对了，感谢你们管罗竟的饭。”

没办法，我不能什么事都管，我只是一个人，没有三头六臂，就这已经顾不住摊子了。这晚，我想着还不如带父亲回老家找点清净呢。这阵，大哥不断来电话催问，给父亲的卫生间还盖不盖了，联系的匠人一直等着呢。我心里没好气，对大哥说：“叫他们等着吧，我不光盖卫生间，还想把房子拆掉重新盖一下，工程量大得很呢。”

大哥说：“那得等到啥时候？”

“你急什么？与你又没多大关系。”

大哥嘿嘿一笑：“我想咱爹了，想早点见到他老人家呢。”

我摔了电话。

我脑子里全是侄子侄女们给我添的乱，越想

越对他们感到厌烦。小霁、小林惹的麻烦不用说了，罗竟才到北京几个月，也不让人省点心。思来想去，还是小泉相对好一点儿，最近就他的事少，除过去年自作主张出事故外，平时基本上不给我添堵。

这个念头闪过没几天，小泉就出事了。小泉一般不出事，要出就出大事。接到警察的电话，我还以为小泉犯下什么事，被关到看守所里，本想给警察说，我不去领他，叫他自己受着吧。没想到警察竟然心平气和地告诉我，不是看守所，而是医院。

我失去了理智，叫道："又是医院，吴小泉这回不是又伤残了另一条腿吧？"

警察还是很平静地说："比这更麻烦，你得做好心理准备，吴小泉被人打残了，据医生说，他今后做不成男人啦！"

天哪，谁这么残忍，下得了这种手？这下，二嫂要断后了，我可怎么给可怜的二嫂交代啊？我以为自己经历了这么多事，能挺住，结果还是惊得差点昏过去。

我被单位同事送到医院，去男科看望小泉。男科是个特别的科室，在一片疑惑的目光中，我找到了小泉的病房。小泉已被医生做了创面处理，下腹部塞满了纱布，像个孕妇似的把被子顶起来，仰面躺在一间四人病房里发呆。见我来了，小泉迅速闭上眼睛装睡。出了这么大的事，他无颜面对。我还是轻轻地唤了小泉一声，分明看到他的眼皮在抖动，可他紧紧咬着嘴唇，始终没答应。他的双手死死抓住被角，生怕我掀开被子查看伤势似的。我心里难受极了，默默地盯着小泉，慢慢地，我发现他的眼角滑出了泪水，我再也控制不住自己的情绪，蹲下去抓他的手，哽咽着问他，到底是什么人干的？小泉粗暴地甩开我的手。他仍紧闭着双眼，可他抽泣了起来。

医生闻声赶来，把我劝出病房，带到他的办公室，交给我一个文件袋，说是警察留下来给病人家属的，是小泉出事后的一些笔录，可以作为起诉的材料。

我的腿迈不动了，颤抖着手打开那个沉甸甸的文件袋，流着泪，一目十行地看着。

打小泉的人受一个软件公司老板雇用，原因是小泉勾引了老板的二奶刘娜。我不知道，小泉哪有这能耐，可材料上明明写着，那个老板的二奶也做着一些生意，经常带人去小泉的库房提货，一来二去，刘娜与吴小泉竟然眉来眼去地好上了。据刘娜的供词说，自她认识吴小泉后，才知道什么是真正的男人，以前，她算是白活了。刘娜提出要与老板分手，想和吴小泉过一辈子。结果，吴小泉被人生生打成了废人。

我不敢给二嫂打电话，也不敢给父亲说小泉的事，只偷偷给妻子说了。妻子惊愕不已，手指点着我，大张着嘴半天都说不出话来。等缓过劲儿来，妻子才说："出这么大的事，哪敢拖啊，赶紧给你大哥或者三哥打个电话，问问他们怎么办，再想法叫他们转告小泉的妈。"

这个时候打电话回去，非得问出事来不可。我望着妻子，犹豫不定。妻子急了："你也不看看是什么事，赶紧问吧。"

我给大哥打通电话，还没开口，大哥说他们都已经知道了，警察给家里联系过。大哥还说："你等着吧，你二嫂这就去北京处理小泉的事。对了，老三也要去，不知道他去干啥，他就会瞎凑热闹。"

看看，问出事来了吧。小泉出事后，我没接到老家的任何电话，大哥这么一说，我惶恐不安，神经极度紧张，最害怕听到门响，一旦有敲门声，我不敢去开，生怕一打开门，看到的是我的二嫂，还有三哥。

蓼蓼者莪

一

从父亲住院那天起，钟慧萍再没睡过懒觉。退休后不久，紧绷的神经松弛下来，钟慧萍能睡到自然醒，连早饭都省了。起床后洗漱一下开始着手准备午饭，反正儿子去了外地工作，儿媳妇在一所学校旁边租了个店面，卖文具，主要是不愿跟婆婆住在一起，除了午饭过来混一顿，其他时间吃住都在店里；丈夫老傅早几年退了休，被承包了一座矿山的亲戚叫过去帮忙，虽说薪水不高，但管吃管住，关键是有事干觉得日子充实。钟慧萍起初不愿意老傅出去，守在那种寸草不生的地方，生活条件差，又落不下几个钱，还担风险，万一哪天矿塌了呢。小视频里这种事故特别多。可老傅不愿待在家，对她的反对置之不理，只说亲戚让他去搞管理，又不是让他下矿，便乐颠颠地去了。钟慧萍一个人守着空荡荡的家，天天晚上刷着抖音到眼神模糊、神志不清才沉沉睡去，这样才能睡到第二天上午九到十点，也就是所谓的自然醒。

这天早上，不到六点钟慧萍突然醒了。屋里静得只有她的呼吸声，屋外也没什么动静。醒来的瞬间，她有种世界消亡的茫然感，剩下她自个儿不知在哪个空间飘浮。在床上赖了一会儿，耳畔才开始有捉摸不到的微微颤动的静谧之声，她努力地翻了翻身，拍了拍暴露在被子外面的胳膊和肩背，用身体制造出来的动静压制着无迹可寻、源源不断的声息。她望向窗外的天色，太早了还看不出晴天阴天，应该是要上班上学的人群正常起床的时间，也是她这种退了休无所事事的人群不愿起早耗在床上胡思乱想的时间。不过钟慧萍不愿意胡思乱想，不是生活太平静没什么可想，而是烦心事太多，哪个也想不通透，想多了更糟心，索性不去想，认认真真地刷一刷那些小视频，管它真真假假，跟着哭哭笑笑或骂上几句，也算是疏通一下情绪，不然能怎么办呢！生活太琐碎，每一块琐碎上都沾着鼻涕带着泪，像她这样不爱跟人交流的人，没有个缓解的途径，还不得活活让那些前赴后继的旧事新尘给憋死，给呛死。

以为还可以接着睡会儿，辗转几次，头脑却越来越清晰，索性爬起来。穿上厚实的家居服，笨拙得像只企鹅，钟慧萍看着穿衣镜里敦实的自己，笑了笑。家居服是当地人的标配，无论男女老少，是寻常百姓还是政府官吏抑或企业家，只要是居家，从秋末到仲春时节，多数人这么一身横跨秋、冬、春三个季节，倒也省了不少事。钟慧萍的家居服穿了三年，洗了几次，旧色难掩，也不似刚穿上身时那般舒适合体，她却不舍得换掉，又不出门做客。做客穿新的亮是亮眼一点，但拘谨啊，哪有穿旧衣服洒脱自在，想往哪里蹭就往哪里蹭，都不用想衣服脏了的事。钟慧萍穿衣这方面想得开，以前除了过年图个吉利，从头到脚一身簇新的，平时不都是尽着旧衣服穿，什么时候穿烂了才作罢。

钟慧萍没有养生概念，早饭于她可有可无，她一点都不执着。难得今天起早了，就想着是煮点稀饭就着前几天腌好的萝卜条、笋条，还是出去买两个包子馒头对付一下？这样的选择对她一般毫无意义，过去更多的是听儿子媳妇和老傅的意见，轮到她自己能做主了，丝毫不犹豫——不吃或者吃剩下的。在很多事情上，她好像没有给过自己选择的权利。这么多年，她似乎习惯了这样不给自己余地的人生，连儿媳妇都说她活得有些莫名其妙。是啊，活了六十多年，她理不清自己，更说不明白自己活出个啥样，活得不清不楚，确实莫名其妙。想起在朋友圈里有人总结："拼命地顾家，家没顾好；拼命地挣钱，钱没挣到。"这好歹还有个大而化之的人生轨迹，她不知道是不是可以把自己的人生也放进这个总结里。不过想想，谁的人生不是这样呢，顾家挣钱，挣钱顾家，像自己这样的，还能活到这个框外面去吗？

不可能。除非你是外星人。外星人不顾家吗？只有外星人知道！

没等钟慧萍对早饭有行动上的选择，手机响了，是嫂子叶子清打来的。钟慧萍刚"喂"了一声，叶子清的声音在她耳朵边已经炸裂："慧萍快来，爸得赶紧送医院！"

钟慧萍浑身一抖，像有人把她扔进冰洞里一般："爸怎么了？昨天还好好的，怎么一早就要送医院？我哥呢？"

叶子清说："爸胃疼，晚上吐了好几次。妈也不上楼说一声。刚才我下楼，妈才说爸呻唤了一夜。你说这个时候老人有病哪能耽搁，昨晚跟我们说一下，就能立马送医院了……”

“嫂子，我哥呢?”钟慧萍打断叶子清，急问道，“现在让我哥赶紧送爸去医院，我直接去医院先排队挂号!”

“唉，你哥他、他一早就去菜地了。”叶子清说完这句话，赶紧又补充道，“你说你哥，伺候那个破菜地，跟养个闺女似的，有那个稀罕劲还不如跟你家老傅一样出去寻个事做，好歹还能挣点儿钱。”

“那我赶紧找车!”钟慧萍打断叶子清的抱怨。

菜地是叶子清找人给大哥钟鸣寻来的，农村外出打工的人多，周边的菜地抛荒也多，叶子清喜欢交往，认识的人多，曲里拐弯地用两百块钱租了两块面积不大的菜地，原是让钟鸣与她同事的老公一起合伙种菜。结果，两个老男人总是意见不合，勤怠度不同，撑了几个月，分崩离析。对方索性另寻了块地，开垦自己的兴趣去了。钟鸣一个人种着两块菜地，不见懈怠，买种、培苗，锄草、翻地，施肥、浇水，样样不落，一天不去两趟菜地就心神不宁。叶子清说钟鸣伺候菜地就像养个闺女这话倒也贴切，可钟鸣要哪天不去菜地，她又说他偷懒，就那点儿菜地都放任不管。反正左右都是叶子清的理，她还不接受钟鸣的反驳，不然就一副眼泪汪汪的样子在钟慧萍跟前控诉、列举“你大哥脾气太坏了”之类的实例。钟慧萍是不相信大哥这么早去了菜地，这二月天早起天还有些凉，菜地露水重，栽种又有点早，除了菜农赶早扒拉些大棚里的菜去卖，谁会这时候去菜地呢？钟慧萍对大哥两口子心知肚明，不再多说，挂断电话。思忖了一下，给儿子的同学黄小山打电话，约他的车到家里去接父亲。

去年年底，正是疫情管控放开的时候，父亲突然尿血，由于疫情原因，找小区诊所的医生来看，说父亲是前列腺有炎症，输了三天液，不尿血了，却尿不出，憋得人要死要活。大哥那会儿刚阳了，全身无力，说是不敢开车，也不敢跟父亲接触，怕他把病毒传染给父亲。其实，钟慧萍知道父亲也感染了，她给父母做过抗原检测，妥妥的都是两道杠，她却懒得跟大哥大嫂说，怕他们跟她争执。整个疫情期间，大哥他们一直得意把父母保护得很好，大嫂在爸妈的卧室门口一天不知道要喷多少次消毒液，好像病毒不是从外面进来，而是来自父母卧室似的。不知道是不是经常吃各种保健品的原因，母亲没表现出明显症状，父亲有些咳嗽，低烧了一个晚上就退了，还以为是晚上起夜受了凉，自己吃了两包感冒冲剂竟然不咳了，还喜滋滋地跟母亲说他身体底子好着呢。父亲的前列腺一直有问题，医生说是老年人的通病，已经钙化了，父亲的钙化病灶多，把尿道堵了，不是大问题，一个小手术就能解决。钟慧萍没想到不是大问题的问题，这个时候却冲着父亲来了。没有大哥开车，她也不敢骑电动车带父亲去医院，万一有个闪失后果不堪设想，她打电话给黄小山。儿子经常叮嘱她，黄小山专门跑网约车，也是他好多年的铁杆同学，靠得住。儿子说，有紧急需要车的时候就联系黄小山。

钟慧萍给黄小山打完电话赶紧换鞋出门，还是这套泛旧的家居服，脱不下的铠甲一样，由着她穿上东奔西走，抵挡着初春的寒风湿气。她的家离父母家不远，骑电动车十多分钟就到了。刚把电动车在院子里支撑好，大哥钟鸣和叶子清从屋里出来，后面跟着瘦弱的、神情憔悴的母亲。见到慧萍，母亲眼泪涌了出来："慧萍，可咋办，你爸这回可是麻烦了，一晚上都没睡呢，吐了好多回。"

母亲话音刚落，钟鸣忽然转过身，大声对着妈妈吼道："你不要老是说麻烦麻烦的！谁还不生个病啥的。这不是准备送医院吗，有病治病，别净往大处说，把大家都弄得心慌慌的。"

母亲看了看儿子，张嘴想说什么却什么也没

说出来，只是叹了口气，眼泪在她满是褶皱的脸上肆无忌惮地流淌。

钟慧萍几步冲到母亲跟前，抱住她说："妈，爸会没事的，我已经叫了黄小山的车，一会儿就到。"

"到了到了！"钟慧萍的话音刚落，黄小山连跑带跳地冲了进来，"老爷子呢，我们现在赶紧去医院，东西要没收拾好，等下回来再收拾。"

一旁的叶子清却忽然说："小山，是你啊，谢谢你了，这次就不用你的车了，我们自己开车送老人去医院好了。"说完，她像是预备好似的，掏出十块钱递过去，"不好意思，这钱就当是你过来的车费。"

黄小山一时有些发蒙，看着叶子清手里的十块钱，"这个、这个"了几声，有些不知所措地看向钟慧萍。

钟慧萍也愣了，搞不懂叶子清这番操作是什么意思，她看向大哥。钟鸣却别开脸，没说话。

"哎呀慧萍，我以为你大哥不在，才打电话让你过来，打完电话又看到你哥没出去。这可不得让你哥送咱爸去医院呀，哪能再麻烦小山呢。小山跑车也是生意，不能为了咱们耽误他的生意不是。"

钟慧萍这下才回过神来，上一次父亲住院是

黄小山送去的，他不仅把父亲送到了医院，还找到认识的医生，跑上跑下替父亲办理了入院手续。那时候住院的人很多，根本没有空余的床位，要不是黄小山找熟人帮忙，钟慧萍根本没办法使父亲尽快住院。

那次，大哥大嫂虽然后来到了医院，但两人都袖着手站在一旁观看，好像他们仅仅是跟着来医院看望的。父亲去做各种检查的时候，都是钟慧萍和母亲一起扶上扶下，甚至父亲疼的时候着急要上厕所，也是母亲寻了一间病房，搀进病房里的卫生间。大哥始终没说一句话，也没伸一下手，神情冷漠得如同陌生人。钟慧萍心里明白，都是钱惹的祸。前年，钟鸣听信邻居谗言，在心里算计父母的退休费，认为父母手里攒有几十万块钱，便找父母借钱，他儿子在省城要结婚买房，正愁首付款凑不齐呢。父母一口回绝，声称没有存款。为此，钟鸣声称不再管父母。

父亲第一次进医院时，对大哥大嫂的做法，钟慧萍尽量说服自己，大哥确实不能开车，既然他能来医院看一眼父亲，也算不错了，不要苛求太多。

可这次父亲再进医院，钟慧萍不知用什么理由说服自己了。

依然是黄小山开车把父亲送到医院，已有过

父亲第一次住院的经历，钟慧萍觉得自己能应付过来，她让黄小山赶紧去忙吧，自己能办好手续。黄小山没再坚持，临走时又叮嘱钟慧萍，有什么事应付不来一定跟他说，只要傅天宇不在家，他就是她的半个儿，可随便差遣他。钟慧萍心里一热，没想到不是亲人的黄小山，反而让她体会到最浓的亲情意味。

钟慧萍这次驾轻就熟，她找的还是之前的那个医生，经过检查、分析，医生根据父亲的病情，帮忙联系转到了其他的科室。除此，似乎什么都没有变，大哥大嫂虽说拒绝黄小山的帮忙，他们还是像上次一样，随后也开车赶到了医院，客人似的跟随着进到病房，站在那里看着护士给父亲抽血化验、埋针输液。快到饭点时，大哥大嫂完全复制了上一次父亲住院时的行为，及时地回家了。看来，在医院照顾父亲，又是她钟慧萍的“专利”。

这次唯一有点不同的是，钟鸣打电话到医院的次数增加了，每次都要说上一声有事赶紧给他打电话。至于什么样算是有事，钟慧萍心知肚明，内心悲凉如水，却还是不愿把大哥想得太绝情。叶子清一直嚷嚷着，医院的病毒太多了，上次从医院回去，她就一直不舒服，至于是怎样的不舒服，她自己都说不清楚。母亲倒跟上次一样，天天吃过早饭就来医院，有时候钟慧萍交代自己的儿媳妇骑电动车把她带过来，有时给黄小山下个顺风车的单接过来。叶子清有时也会托人，把母亲顺道送过来。毕竟，母亲是八十多岁的老人了，不敢让她在医院熬夜护理，白天她来医院能换钟慧萍休息半天。不然，钟慧萍白天黑夜连轴转，早就熬不下去了。

这天，叶子清说是路过医院进来看看，可她一直显得很忙，在病房外面接打了几个电话，口罩也遮挡不住她的盈盈笑意，在医院这种满是病痛因子和忧虑情绪的地方，她的笑声显得格外响亮。钟慧萍多么希望叶子清明艳地笑，在家里时能笑给父母啊，他们的生活里积攒了太多尘屑，也许只需一丝阳光便可穿透这些尘屑，照亮他们的内心。许是叶子清与父母在一起生活的时间久了，彼此的亲情都被消耗了吧。钟慧萍隐隐心痛，每次回家看到父母分坐在堂屋大门的两侧，望着院子里那棵生长了几十年，一到秋天落尽叶子便显出宁折不弯的倔强枣树，两个老人两张干瘦的脸上都掩着一层轻绵的哀苦时，她便有心痛的感觉，好多年了，总也挥之不去。

更早些年，父母还能坐在一起下跳棋。原来父亲的象棋下得好，但能与他对棋的邻居却越来越少了。人抗不过时间，前一天还与父亲下棋的人，第二天或许就再没法为一步悔棋吵闹了。

父亲的象棋拿出来的次数越来越少，他抱着象棋也没了可以去的邻居家。终于在某一天，不知道孙辈里的哪个孩子，翻出来落满厚厚尘埃的象棋，棋子上红黑字的漆皮几乎脱落，红与黑失去界限，已经分不出彼此，好似象棋红黑两界另一种形式的融合。这副被搁置了不知多久的象棋陈旧、破败，如同落魄的人一样，被钟鸣毫不留情地丢进了垃圾桶。

父亲偶尔会念叨着“象棋放到哪里去了”，也只是叨叨几句，他找不到，也不会有人替他去找失去的东西。母亲原来与左邻右舍几个老人学会了跳棋，且越下越好，圆溜溜的十个玻璃球玩似的跳来蹿去，开疆拓土，不经意间就占据了另一方的全部阵地。父亲没有了棋友之后，就成了母亲的棋友，他在楚河汉界上挥斥方遒，却在跳棋上施展不开手脚，每次母亲轻而易举就能赢了他。赢了棋的母亲眉开眼笑，父亲也是，哪怕佯怒，嘴角也是往上挑的。这样的画面那时多得让钟慧萍觉着，只要愿意，人的一生最后不会是荒芜。只是那副跳棋，总是莫名其妙就少了子，少了就少了吧，拿别的颜色来凑就是，凑着凑着，父母的棋子就混在一起，最后竟不知道自己手里的棋子到底是自己的还是对方的。日子就这么过着，时间跳过去，父亲的眼神越来越不清晰，母亲的听力也越来越不好，到后来他们再不能坐在一起下跳棋了，那盘凑不齐两个人棋子的跳棋，在堂屋的一个角落搁着，依旧落满尘埃，直至被丢弃。

弃了就弃了吧，谁的一生里不会丢弃很多东西呢。何况父母的人生那么长，经历就更多，他们直接或被间接丢弃的东西更是不计其数。钟慧萍想从过往中厘清父母的静好岁月，只是那都是无风的时候，而一旦风起，微波却不是微漾，鸡毛蒜皮堆在一起，能在顷刻间翻覆所有美好。

二

父亲第一次住院时，钟慧萍给了黄小山两百块钱，作为用车的报酬，也是感谢他的鼎力相助。如果不是黄小山，她不知道怎么面对。被医生明确告知没有床位而拒绝住院，于她而言也是人生头一次遇到，连求情的机会都没给，医生转身就去给其他病人看检查结果、交代各种事项。母亲虽然耳朵不好，听不清嘈杂中医生的拒绝，但她练就了极强的察言观色的能力，钟慧萍的沮丧无助落进她眼里就像火星一样，燃起了她内心正无限蔓延的焦躁，她一把夺过女儿手里的化验单，往医生办公室冲去，边冲边说：“我就不信，人都痛得叫天了，他还不让住院不给我们治，难道要眼睁睁地看着人在医院叫尿给活活憋死？我跟他理论去，这是什么医院什么医生，黑了心不成？”

钟慧萍看着母亲努力直起腰身的背影，这个八十多岁的老人，要强到极少为她和父亲的事麻烦他们兄妹，只要她自己能亲手操持，便绝不借人之手。

黄小山通过熟人解决入院问题后，原在一旁袖手旁观的大哥大嫂，见钟慧萍塞给黄小山两百块钱，这一下子引起了他们的注意。叶子清表情阴晴不定，好像那两张红色纸币是两团火，烧出了她眼神里的光，又留下焚烬后的暗淡。父亲一直停不下来地呻吟，在那一刻像是特别配合般突然停止了，瞬间的静寂吓了钟慧萍一跳，她不知道在各种声息混杂的医院，突如其来的安静会有如此大的力量，她的手不由自主地颤抖起来。

“小山，原来开网约车这么挣钱，一趟就要两百。”叶子清的关注点还在钱上，她的眉角堆上了细密的褶皱。

“没……有，没有！”黄小山伸出去的手本来是要推开那两张百元钞票的，却因了叶子清的话尴尬地落在半空又缩了回来，看上去更像是准备伸手去接钱。叶子清笑眯眯的样子看上去真诚坦然，她说：“应该拿的，这不是辛苦你了吗！你是傅天宇的同学，慧萍怎么也不能叫你吃亏不是。这也是我们自己不争气，要不怎么也不会麻烦你，平时慧萍也经常让他哥开车出去办事的。”

钟慧萍看着叶子清，不知她话里有几层意思，自己偶尔会搭大哥的车，这个“偶尔”也是大哥大嫂出去办事顺带着强行捎上她的，稍一推辞两个人的脸色立马垮塌，不坐都不行，这样的捎带什么时候就成了“经常”？见叶子清的眼睛不时往自己手里的钱上瞟，忽然间意识到，叶子清是在暗示自己“经常”坐大哥的车，却从未支付过分文吗？

钱这会儿捏在钟慧萍手里像带了刺，扎到了手更扎了心。当着大哥大嫂的面，她又不能对黄小山说过多感激的话，说多了大哥会认为是在影射他做儿子的无能，终归父母是在大哥大嫂的屋檐下讨生活的，让她说话不得不有所忌惮。其实就算不忌惮，钟慧萍对大哥也是心怀畏惧的，他对父母和她一家人很少有好脸色，他的真情与热诚是赋予叶子清娘家那边亲朋的，能做到有求必应，有问必答，哪怕是一根头发大小的事务，只要叶子清推到大哥跟前，他都会不遗余力。在叶子清的亲友团眼里，钟鸣是一个万事皆可依托的人。钟慧萍很羡慕叶子清在她众亲诸友面前的底气，经常可以让大哥无论时间无视狂风暴雨的天气或者天寒地冻的时节开车去接送她的各类亲戚，即使八竿子打不着的亲朋，都毫无偏颇，一视同仁，那种毫无怨言的贴心关照，不是真心亲近还真做不到这么全面和持久。放眼自己家的老傅，钟慧萍不得不气结，他对自己向来不冷不热，一有什么事习惯于置身事外，无论对谁，“热切”这样的词在老傅那里是不存在的，他就像一块冥顽不灵的石头，别说焐在胸口，就是火烧火燎，他也分不清那是热还是寒。唯有在酒面前，老傅才无法把持，不管什么场合，有没有人想要留他一起喝酒，他总要无限拖延时间，主动寻人说些漫无边际的话，直到最后人家不得不客气一下，说一声：“老傅一起喝两杯吧？”老傅自然不理会语气的犹疑和无奈，酒香勾魂，就是没这个迫不得已的客套，他也要耗到最后的——很少有人会真的拉下这个脸，不就是一顿酒嘛，多个人而已。

大哥对老傅一直是不待见的，最深的隔阂是从钟慧萍买房那年开始的，那时大哥还没有退休，他的单位离钟慧萍新买的房很近，那时候大哥还像个大哥的样子，应了钟慧萍的请求，他帮忙搞装修设计，又帮着照看装修施工。有一次，大雨即将来临前，大哥发现有些装修材料还在室外，尤其是木料最怕淋雨，当时找不到人，他独自一人把木料往屋子里搬，因为心急，不小心摔了一跤，不管怎样，肯定是摔疼了，便请假回家躺了两天。钟慧萍闻讯，买了营养品拉着老傅一起去看望，老傅全程没有一句感谢或歉意的话，反而就装修的一些细节问题跟大哥掰扯起来，嫌大哥没有考虑周全，跟装修工人不能及时沟通到位。

钟鸣躺在床上本就一肚子气，听着更来气，当时吼叫起来："这是谁的房子啊？你自己有意见不会跟人家说去，在这里跟我瞎掰个什么？"

老傅倒不生气，依旧不紧不慢地说："是你设计的嘛，我当然要跟你说。"

钟鸣阴沉着脸，压住怒气说："我又不是专业设计师，细节问题你看出来自己去说，早说早改，别等人家都装修好了再指手画脚，好吗？"

钟慧萍已经示意老傅不要再说了，老傅却不理会她的示意，他也一肚子气呢，想趁这个时候说出来。老傅继续说道："你不是在工地看着吗，不跟你说跟谁说！你看你，怎么这么爱生气？"

钟鸣怎受得了这话，顺手抓起钟慧萍刚放在床头柜上的营养品往老傅怀里塞，指着门口吼道："行行行，我爱生气，你有能力也有时间，你自己去做。我是不会再管你家装修的事了，你们赶紧走吧，别在我这，让我看着烦。”

过后，钟鸣对老傅彻底不存念想，即使过去好多年，依然耿耿于怀，在某些突发的场合里说到老傅时，便将这事扯出来叨叨上一遍，如果钟慧萍在场，连带将她再训斥一顿。钟慧萍只能默默地接受大哥的埋怨，因为她同样没有办法让老傅改变，任她怎么苦口婆心，或煽情，或痛斥，老傅的表情始终如一，他从不争辩，也不服软，就像他的七情六欲、喜怒哀乐都早已不在，他无法感受到一般。钟慧萍不再试图争这口气，老傅和他的淡漠想来是她命里注定的，烙了印的东西擦不掉，抹不净。

那次，钟慧萍送黄小山出病房。那两百块钱，黄小山坚持不要，他把手背在身后推辞：“慧萍姨，出次车也就十五块钱的事，你给我这么多，我怎么能收？这要传出去，下次谁还敢约我的车。”

钟慧萍说：“小山，今天要不是你，我爸都住不上院，连住院手续都是你帮忙给办的，耽搁了你时间，少出好几趟车呢。这个钱是我感谢你的，别嫌少，就当姨请你吃顿饭。今天实在仓促，等下次……”

“下次再说！”黄小山打断钟慧萍的话，“慧萍姨，我先走了，有需要您再招呼我，我做的就是跑腿的事，谁让我和您儿子是同学呢。您别过意不去。”他冲她挥了挥手，又朝一直盯视着他们的钟鸣、叶子清点了点头，跑走了。

钟慧萍转手把两百块钱放进母亲一直背在身上的包里，父亲住院的钱是母亲取出放在家里的备用金，他们用的老年手机没有支付功能，母亲就常备一些现金在家里，以免急需时没有钱救急。钟慧萍还笑话过母亲，她和父亲连街上都难得去一次，平时在家能有什么急需钱的时候，何况，网络支付方式这么方便，就算用钱，只要家里有人，是可以代为支付的。母亲不以为然，她说她和爸爸去医院，大哥大嫂哪怕把他们送过去了，一到需要交费，就躲得不见人影，等她排到了队，交了各种费，大嫂才神仙一样不知从哪里钻出来。“你大哥稍微好一些，有时会用手机支付药费，但回到家后我把药费还给他时，他从不推辞。”母亲叹气道，“不管怎么样，儿子到底还有点心，儿媳妇就剩一张嘴了。平时要是想买什么东西，除非自己去买，不然不把钱先拿出来，是没人给你买的。”钟慧萍听得心里黯然，想起有几回和叶子清陪母亲去社区的小诊所输葡萄糖液体，叶子清跟诊所医生常常聊得热火朝天，等到快离开时，拿母亲的医疗卡开药，那药自然不是给父母备用的，药不贵，每次也就百十块钱，可次数多了，就不觉得少了，母亲有时看着医疗卡上的钱，总是纳闷儿这钱用到哪儿去了。钟慧萍并没觉得叶子清拿母亲的医疗卡开药有什么不好，卡上的钱也不是攒着平时能用的，只能用在看病开药，但叶子清不让母亲知道，老担心钱会落在她钟慧萍的手里，她心里难免不舒服。

叶子清站在病房靠门口的地方，在钟慧萍拉开母亲的包时，异常眼尖地看到母亲包里的真实内容，很突兀地来了一句："别看妈的包小，还真能装不少东西，值钱着呢。"

母亲耳朵不好，却听明白了叶子清话里的意思："能装什么东西呢，就是身份证和医疗卡，给你爸交住院押金剩下来的几百块钱。"

"妈，你就是过于替我们着想，总不想让我们替你们花钱，像住院押金，哪还用你带着钱，我们和慧萍都是你们的孩子，都可以交的。跟我们就不要客气，一家人显得太生分。"叶子清看着钟慧萍，笑得意味深长，"慧萍，你说是吧。"

钟慧萍默然不语，她不知道说啥才好，叶子清这是跟她玩宫心计呢，关键她连叶子清想表达的意思都没弄明白，只能假装没听清叶子清的话，埋头把病床上父亲身上堆挤到一起的衣物整理熨帖。

这时，父亲没能忍住疼痛，又呻吟起来。钟鸣始终没说一句话，钟慧萍猜想，那被口罩遮住的半张脸大概又阴得能滴出水来，看他阴郁的眼神就知道，还有他的眉头挤在一起没松开过，他烦心的事悠长而莫名其妙，但可以肯定，他不是在担心父亲的病情。

借钱的事之后，钟鸣对父母是不亲近的，那样的疏离隔阂让父母不得不更加小心谨慎和自律，生怕一不小心碰触到什么引发儿子的不满，更害怕儿子突如其来的爆发。其实，从十年前推倒旧房重盖新房那时起，两位老人就失去了自我释放的权利，成为自我的残局，便再也没有了收拾残局的能力，再平常普通的日子都变得没那么易得。从前的有声有色、烟火浓稠已经向远处闪去，眼前的日子过得越来越慢，慢到每一天如同幽冷的暮色，不再清晰可辨。

时间久了，母亲自然有了生存的智慧，她比钟慧萍更了解叶子清。此刻，她把钟慧萍塞进包里的两百块钱拿出来递回去：“你的钱就不要往我包里放了，免得我记不住，混到一块儿。”钟慧萍这才反应过来，叶子清以为她拿着母亲的钱给黄小山做人情，在全民消费都刷二维码的时代，除了拿老年机的母亲固守现金消费外，用智能手机的叶子清也习惯身上揣着现金，倒也不多，最多也就两百，十块二十块的时候居多，跟钟慧萍一起出门买东西，虽说掏钱的速度总赶不上钟慧萍的支付速度，但“抢着付账”的戏码还是常常上演的。逛一次街，去趟超市，或是从菜市场出来，叶子清手里的纸币因为不断拿出来能磨出长长的毛边来。叶子清不是不会使用手机二维码，她是对二维码“过敏”，看二维码眼睛不舒服，后来就“老记不住怎么用了”，索性不用，兜里揣钱更有安全感，有时不小心抢先付了款，那不尴不尬的神情就不太好管理，情绪极度低落，生怕人不知道她不开心似的。直到钟慧萍支付了某个价格更高的东西，叶子清得到补偿后脸色才逐渐恢复正常，又是一脸的云淡风轻，没有了前面犹如大风过境时的残败零落。

真是难为母亲了！钟慧萍无奈地想，不过两百块钱，竟也暗地里演绎了一出大戏，关键她在这出大戏中竟不知自己是主角，一举一动都成了表演。以她这种粗枝大叶的人，居然要活得这么谨小慎微，真是累啊！可再累，还是得配合着，免得又生出事端。

她嗨了一声：“两百块钱，混一块儿就混一块儿呗，咱母女俩还用得着计较这么清楚？刚才嫂子不也说了，爸爸看病的钱我们掏都是应该的。”

“是啊，都是一家人，算那么清楚做什么。”叶子清当然不失时机要插一句。

母亲大概是没听到大嫂的话吧，头都没抬。父亲却有一双好耳朵，他本来想说几句的，可能觉得此时不妥，便自顾着轻声呻吟，没参与她们娘儿仨的对话，不似往常，他时不时地作提纲挈领的总结，斩钉截铁的决断。

三

母亲说，要不是医院离家远了一些，她每天可以慢慢走过来的。

父亲是一天比一天知道自己的年龄底数了，因为行动不便，大脑的清晰与身体的迟滞让他很恼怒，他不得不承认自己的老迈和身体的无能。母亲却接力了父亲之前对身体的认知，她的自信缘于体检报告中，没有任何老年人的那些基础病。令人可笑的是，一次母亲和父亲发生争执，愤怒的父亲突然举起手中拐杖，母亲后来骄傲地描述道：“我一手扯住了拐杖，往前一拉，放开以后你爸站立不稳，‘噔噔噔’往后倒退了几步，要不是我上前拉住他，他就要摔个大屁股蹲。”在母亲看来，不是父亲丧失了行动能力，而是她保持了健康和力量——既然这样，走一段路对她不是什么难事，她只是担心走路时间太久，让父亲躺在医院里惦念罢了。

父亲确实越来越依赖母亲的存在。每次母亲一来，坐在父亲病床前，老两口就像是好多年没见一样，紧紧地拉着手，要重新谈一次恋爱似的，轻言细语地说着话。只要父亲不休息，他们两个能一直说下去，说着说着，父亲还要抬手给母亲理理额上的头发，把母亲往跟前拉近抱抱她。吃过晚饭后，钟慧萍催促母亲趁天亮着赶紧回家，每到这时父亲眼神里满是不舍，拉着母亲的手说："老太婆，你快回家去吧，不要担心我，我会好好的。"话是这样说，手却不肯松开。钟慧萍心想，这吵闹了大半辈子的冤家，一定想不到他们的耄耋之年能亲密成这样，他们多少年的话都在这些天说完了吧，至于说了些什么，钟慧萍听不到耳朵里，看到母亲时不时地点头，也不知道母亲把父亲的话能听到多少。母亲戴了助听耳机，那是几年前厂家在小商品市场搞活动时买的，花了四千多块钱，回家一说，向来节俭的父亲倒挺高兴，说你耳朵越来越背，早都该配副助听耳机了，不然我嗓子都给喊哑了。母亲白了一眼父亲，抱怨说，你耳朵才背呢，你听收音机那个声音都快把我吵死了。父亲眼睛还好的时候喜欢看古装戏，买了很多老戏的碟子，钟慧萍也给买，攒了几年，满满一箱子的碟片，京剧、越剧、黄梅戏，三大戏种只要市面上有的几乎全买了。后来眼睛看不清了，就听戏，收录机、播放机都听坏了好几个。钟慧萍不知道父亲听戏为什么要放那么大声，后来想大概就是为了让母亲也听到戏曲的声音，感受他对生活的热爱吧。

那一次，母亲买的助听耳机把叶子清可心疼坏了："这都不是正规厂家搞的活动，产品是没有保障的，四千多块钱不少呢，怎么能轻易上这个当呢，真是舍得啊，就是有钱也不能这样乱买。"母亲不觉得是乱买，她觉得挺好，刚戴上耳机，虽说音质没那么高，有些杂音，但扩放的功能却很好。母亲私下跟钟慧萍说："我买个助听耳机怎么了，又没花他们一分钱，你嫂子这是盯我的钱盯得紧，害怕我和你爸的钱花多了或者给你了。她是个贪心的人，他们用了我们多少钱，真以为我和你爸心里没数吗？"钟慧萍看得清楚，以前叶子清就经常算计父母的积蓄，他们俩每月退休金加在一起有几千块钱，每年还在涨，除了每月给儿子交一千八百块钱的伙食费，再没其他开销。钟慧萍曾说，哪能没一点开销呢，他们也要给自己买东西的。叶子清说："他们有什么可买的，吃的用的全是我们给他们准备好的，他们哪有花钱的地方。”钟慧萍听后只能无语。

叶子清在外面交际广泛，也不吝东西和大哥的力气，她的那些朋友一说缺少什么，只要她有，会毫不犹豫贡献出来，若是路上碰到个熟人，她也热心地招呼人家搭个顺风车，甚至让大哥把人送到家，跟人搭伴打伙食，包馃子、饺子，做青团之类，有人拿的是放久了的原料，生虫子的都有，她一定是要现买新鲜的，而且也极其会夸赞别人的能干，所以叶子清很有人缘，在外名声极好。因为有个好名声，她总会往家拿些别人送的吃食，其实，叶子清吃东西很挑剔，大多东西不入她的眼，但她每每都会用很夸张的语气跟父母说，那是朋友专门拿给两个老人的。父母心有惴惴，拼命想记住给他们送吃食的人，下次人家有什么事，听叶子清一念叨，立马拿钱出来让叶子清替他们随个份子，至于这个份子到底随与不随，以谁的名义随，谁知道呢。母亲又岂能看不透这些，她只是装糊涂而已。

不装糊涂，又能怎么办呢。

四

十年前，父亲的身体还是很硬朗的，精气神十足整天闲不下来，便琢磨着把家里的房子推倒重建，父亲那时还没意识到自己七十多岁的年龄，是真正的老年人了，他被自己偶尔表现出机敏灵活的身体给蒙蔽了，以为自己还年轻力壮。

当时，钟慧萍提出反对意见，颐养天年的年纪，就该让岁月静好，盖房子这么大的工程，不该是他这样的老人来做。只是，她没法改变父亲的想法，作为女儿，她的关切点是在人不在房。当时，大哥钟鸣的态度模棱两可，重新盖房是父亲的主张，又不是他的，他们住单位的公寓房，也挺好的，父亲这边的房子盖也行不盖也可以，跟他关系似乎不大。叶子清却嚷嚷得厉害，盖什么房啊，哪有这个钱，旧房子住了这么多年，亲切着呢。不过这样的声音也是对着钟慧萍说的，她在父母跟前又是另外一番表达：重盖房子也对着呢，爸妈年纪大了，总得住上新房才对，我们尊重爸妈的意见，何况这也是为我们将来考虑，我们感谢爸妈。这样说也有叶子清的打算，他们住的单位公寓是老式房，没有电梯，将来他们老了爬楼是个大问题。

儿媳妇的一番话，让父亲越发觉得重新盖房是多么迫不及待。父亲对重盖房子早有预算，就像当年在这里盖房子一样，他觉得自己和母亲攒了这些年的退休金，应该不会有太大的缺口，他并不知道自己的预算与现实物价的差距到底有多大。可开弓没有回头箭，房子拆了，地基挖开了，材料运来了，这才发现他们的积蓄其实有多么寒酸。七十多岁的父亲化身小工和半个工匠，母亲则成了采购和厨师，他们剔除自身的需要，也不去考虑借住房子的阴暗、潮湿、破败对自己身体的伤害，只埋头精打细算每一分钱，并将它们用到极致。

用了两年多时间，终于支起了三层楼房的外壳，简单粉刷一下再无财力装修粉饰了，住在单位公寓房的钟鸣这才携着叶子清突然登场。旧房拆除后两年有余，叶子清一次都没来过，她的高跟鞋在满地的水泥沙子和碎砖上歪歪扭扭走了几下，算是视察过了，她身上沾了些灰，出门碰到了邻居，声音极其清脆地主动招呼。邻居说这么攒劲啊，自己跑到工地上来干活。叶子清笑着说："没办法啊，盖房是大事，总得有人操心呀。"邻居说："还是你有福气，有这样的公公婆婆，一大把年纪还给你们盖这么高的楼。"大嫂脸上的笑意一点没减："是啊，他们就是闲不住，让他们不要插手太多，只管看着工地就好，可你看，怎么拦都拦不住，他们自己硬是要做，其实是把工包出去的，他们偏要帮着干，给工人做饭，现在还有几个人是自己供饭呢，这又能省几个钱？"

“老人嘛，节俭惯了的，当然是能省几个是几个。”邻居抬眼看着簇新的楼房说，“三层楼呢，这造价不低吧？”

叶子清瞬间一脸愁容：“我们家都被掏空了，要不是为满足两个老人住新房的愿望，说啥我也不要重建的，盖这么大，劳民伤财啊。接下来，这装修还是个问题呢，都不知道到哪里去借钱呢。”

叶子清凭着在工地参观一般的几次来往，与外人夸张地聊谈，成功地让新房子成就了他们家一贫如洗的现状，还有对公公婆婆表现出来的最大孝道。

当时旧房拆除，父母借住房子的原主人回了外省老家，买下房子的人家需要的只是一块等着升值的地皮，买下后好几年一直空置着。原主人在房子四周栽种了各种树木，还有几棵无人采摘的果树，因无人打理，数年的落叶以及腐烂的果子糅合在一起，已变成厚厚一层腐殖质，树木之间随意生长的灌木交错纵横，大而树木繁茂的院子反倒有种原始森林的阴寒之气。加上旁边有个不大的水池，整个院子和房屋都是潮湿和阴冷的。被林木围裹的小屋不走进院子是看不到的，除了通向围墙门口的水泥路透着一种颓废的硬朗外，遇到雨季，其他地方似沼泽一般。那两年，雨水也出奇的多。所以，自己家房屋框架主体刚完成，父母便先行搬了进去。

在大哥的设计图上，一楼只有一间一劈两半的房间，父母只能住在前半间里，后半间则是车库。半间房很小，还没有干透，潮湿的墙面也只是简单刷了层涂料，好歹算是自己的家，父母却很高兴。父亲自从房子盖好后，身体状态却一天不如一天，腰再直不起来，腿脚也没以前利索。钟慧萍买了个拐棍，父亲排斥了好多回，最后拗不过身体的需要，才拄上了拐棍，也终于承认自己是个老人的事实。被迫接受母亲照顾的初期，父亲很倔强，总是在进行各种行动的尝试，又在失败和失误中绝望沉默，并终归屈服。母亲倒觉得行动越来越迟缓的父亲，开始听从她的一些建议是件因祸得福的事情了，父亲的执拗与暴脾气曾让这个家“腥风血雨”过，动辄就爆发一场家庭战争，父母退休后这么多年，母亲的日常生活主要是对父亲以前行径的控诉，在钟慧萍看来，有点类似于新社会对旧社会的彻底清算。好在母亲控诉归控诉，却在越来越稀薄的日子里，倒与父亲越来越相依为命了。

房子装修好后，钟鸣也退休了，他们终于舍弃了单位的公寓房搬回来住了，这下，原本父子分家的状态被突然打破。摆在面前的首要问题是吃饭，当初建造房子时，没想到这个最基本的问题，只设计了一个厨房。这样，父母得失去厨房的使用权，他们挣扎了无数回，却也只能带资接受儿子儿媳“供养”他们的建议。

父母单锅单灶过了将近三十年，突然间要与儿子媳妇一个锅里搅勺子，是非常别扭的。这也是父子关系走向另外一个方向的开始。钟鸣对父母的“供养”，仅限于一日三餐，至于他们生活上其他的事情，是绝不插手的。母亲在照顾父亲的同时，也很有眼力见儿地去做儿媳妇不愿意做的活。这也让叶子清以后在做某件事情时，习惯只开个头便径自扔下不管，然后母亲心领神会地接着去完成，一般不到这份活完成，叶子清是不会露面的，她能精准地预计母亲完成的时间，然后显得很惊讶地说：“妈，你怎么又干完了，让我自己来做喽，就这点活，哪里用得着你干。”这样的话成为她日常生活的标配，好像那些活计并不是她蓄意留给母亲的。若是钟慧萍也在场，纵使百般不愿意，她也断不能让自己的母亲孤单单地在院子里干一堆活。她何尝看不出母亲内心的委屈，却只能憋住替母亲抱不平，还是在心里。再怎么不忍都没有用，父母还是她的父母，家却不是他们可以顾自做主的家了。

父母坚持把旧房推倒重盖，如今却成为他们在儿子的屋檐下了，他们能做的，就是努力不成为儿子的负担，那只能尽力展示自己生存的余力了。眼见得父母如此清冷又令人纠结的结局，钟慧萍心生怜惜。只是这怜惜，在叶子清积极主动的标配话语跟前，显得寒酸局促，钟慧萍不得不藏着掖着，生怕一不小心暴露出来，被叶子清冷嘲热讽不说，还连带父母今后的日子越发难过。

父母的日子过得越来越小心，钟慧萍回娘家也越来越难。每次只要一看到钟慧萍，钟鸣的脸像挂了一层雨帘，淅淅沥沥许久都不肯由阴转晴，湿漉漉的样子使得钟慧萍心慌意乱，坐也坐不住，就只能像母亲那样找些活计来做，边做边陪父母度过小半天的光阴。叶子清的神态同样捉摸不定，像是欢喜，又像是与欢喜绝缘，在父母面前却说："还是慧萍能干，操持自己的家，还天天来照顾你们。你们幸好有慧萍，不然靠我，哪里能靠得住，看我连自己都照顾不来呢。"最后一句话说得理直气壮，是把自己贴了标签又从标签中摘出来的感觉。钟慧萍分不清大哥的阴沉和大嫂的勉强欢喜，哪个更真实一些。撇开大哥大嫂的情绪，母亲是不太愿意钟慧萍经常过来的，以前他们有自己叮当作响的锅碗瓢盆，无论是他们各自的哪家亲戚，或是孙子外孙们拖家带口，都充满了人气，沉浸在天伦之乐中是心满意足的，而能自如地吆喝着开饭，看一桌子人吃得沸腾，于他们是多么高兴啊。如今，父母能留下谁、敢招呼谁呢？来的那些亲戚，再没有留下来吃顿饭的，哪怕再远的路赶过来看望两位老人，也只是坐一会儿说几句话便告辞。表面上，叶子清很多时候是无比热情地挽留，临到开饭，或者桌上多出两个菜，但电饭锅里总是薄薄的一层米饭。叶子清会自责地说："我以为饭够了呢，平时也这么多，都会剩下的。"

这样的留饭谁能吃得下去呢。

到后来，母亲一见快到午饭或晚饭时间，钟慧萍还没要走的意思，心下便着急，先是隐晦地催促"你该回去做饭了吧""是不是该去幼儿园接孙子了"，暗示不动，一脸着急，索性直接说出来："你快回家吧，这边要开饭了，又没备你的饭，就不留你了。"钟慧萍怎能听不出母亲的意思呢，她不过是想多陪陪父母，哪怕什么话也不说，就在他们旁边坐着，看空荡荡的院子里几只麻雀跳来跳去寻找啄食，也是与父母一起看的。其实，时间在哪儿都是一样度过，她却愿意荒废在父母身边。

钟慧萍最喜欢的是，没其他人在场的时候，母亲是要说些往事的，往事越说越长，父亲拄着拐杖摇晃着身子凑过来，补充母亲对那些细长往事的叙述或是判断。钟慧萍越来越不清楚父母对往事的惦念到底是基于悲愤还是喜悦，沉湎其中给他们带来的是心灵的安慰还是对现实的暴击，但这又有什么关系呢。她一遍一遍地听着他们的过往，今天的某个情节与上次有些脱节，或者认知和情绪上发生了改变，有时候他们俩会因为某些细节纠纷产生争执，母亲的声调就由平缓的讲述又变成了愤怒的控诉，父亲多数时候会主动偃旗息鼓，好脾气地安抚母亲。有时钟慧萍觉得这样挺好，至少父母他们有属于自己脉络清晰的历史，跌宕起伏的事件用于回顾和咀嚼。想想自己糊涂得没法厘清的人生，她与老傅平淡乏味的婚姻，貌似温存却缺少暖意的家庭现状，死水微澜，总不及波澜壮阔的大开大合。这样一来，钟慧萍反倒对父母有些羡慕了。

五

叶子清在她经营的人情网里左右逢源、如鱼得水，在这个家里，母亲能活动的空间却越来越狭小，以前去邻居家一起打牌的几个人，都是上了年纪的老人，他们边打着牌边说些东家长西家短的。母亲基本上是听，从不评论别人的是非曲直，自家长短外人总是看得没那么透，说什么呢，日子好赖都得自己过，不是放到桌上称别人日子的斤两就能抹匀自己心里的苦。邻居们见母亲不接这些话题，艳羡她有福气，手里有钱自己花，也不用操心油盐酱醋，只管到点回去吃饭就行。这是太上皇过的日子啊。每当这时，母亲只假装听不清，不理会，心里却是翻江倒海。可再怎么翻腾，她也不肯在外边说儿子儿媳的半句不是，纵使这样，还是有人会问她，怎么手里有钱就不想跟着儿子吃啊，你家儿媳为了你俩老家伙能吃得健康，可费力气了，她每次都说婆婆喜欢吃什么，尽着公公婆婆的爱好来做，你倒好，隔三岔五地还闹着要分开单吃。你是身在福中不知福啊！跟他们一起吃，不用操心，不就是交份伙食费吗，咱年纪大了，别把钱看那么重，百年以后，这钱最后还不都留给了他们？现在有儿子可以依靠，就享几天清福吧。

母亲没法跟他人探讨这个话题，她和父亲一直有过单独开伙的想法。他们吃得简单，多年的生活环境限制了他们对饮食有更高的要求，省吃俭用才是他们的最终信条。自从儿子搬回来后，在吃食上他倒不亏待父母，儿媳在饭桌上也像待客一般热情招呼，叮嘱爸妈不要拘谨，多吃点菜。但母亲发现，儿媳总在他们端起饭碗的同时，给他们夹过来很多菜，不管是不是爱吃的。起初，父母还客气地将菜夹回去，儿媳语气温婉地说，给你们夹了就吃吧，夹来夹去的多不好，一家人不要太客气哦。

叶子清娘家如有亲戚来，总在开席之前给爸妈把饭菜盛好端到屋里来，说是怕他们饿了，让他们先吃。其实是不想让他们与客人坐一起罢了。客人面子上得顾着，来请爸妈一起上桌吃饭，叶子清则不失时机地问父母有没有吃饱，没吃饱就一起再吃些。这话说得，谁还好意思上桌？时间久了，把碗筷都分得细了，父母的碗是单另放的，钟鸣、叶子清用的筷子是另一种颜色——这样的细节还有很多，但又让父母说不出反驳的话来。母亲私下说，这是软刀子杀人，人死了都没人觉得会有冤屈。

母亲萌生单独开伙的念头，是想着自己的身体状况，应付一天三顿饭没问题。可关键是没地方腾给他们做厨房，总不能在堂屋或都廊道砌间厨房出来吧！于是，父亲劝母亲："老太婆，想透点，咱们不光有的吃有的喝，还吃得好吃得下，比起很多老人，咱们的境况不差喽。真要自己做饭吃，这时候你是可以做，万一哪天你做不动了，咱们怎么办呀？我这身体都是依仗你，你要是倒下了，咱俩就都没依仗了。"

母亲只能忍着不跟人说东道西，别人听的只

是一个热闹，谁还会真正顾及当事人的感受？有时候无心的一句话，旁人的误传，成了另外解释不清的意思，倒让人和人之间的隔阂越发深重。后来，母亲怕惹来麻烦，不愿出门去邻居家打牌了，纵使他们三缺一，她也努力不被这“三”拉了去，以免自己成为各种飞短流长中的一个，她要强，但不强势，更不愿外人胡乱解读她的生活，而不想听外来的话，便只有自己把头埋起来。到后来，母亲借口耳朵不好使，索性彻底断了三缺一的念头，和没有了棋友的父亲一起窝在家里，静静地度着没有边界的漫长时光。

叶子清不出去交际的时候，隔三岔五就在母亲跟前哭诉：“钟鸣太会花钱了，只要自己喜欢，无用的东西几百块钱几百块钱地买，从来不知道心疼，对我却是吝啬得要命，我连件上百块钱的衣服都没买过。就这还不能说他，一说他就跳起来跟我吵。”说上次钟鸣跟她回娘家，嫌哥嫂对她的爹不关心，不管不顾地跟他们吵闹，指着侄子侄女他们连说带骂，什么事跟他一说，总是鸡蛋里面挑骨头，怪人没听他的劝告；他说自己的儿子在省城买房，欠了一屁股债，他们手头紧，拿不出钱来支援，心里难受……说来说去，最多的是钟鸣的不对，再就是他们为这个家付出得太多了。有时候，母亲跟儿媳妇聊天，不知不觉会把自己绕进去，叶子清父母生病了，她兄嫂不肯出钱，她做女儿的得尽孝吧，就跟母亲借几千块钱；她自己身体不舒服了，让母亲把医疗卡给她借用一下，可她自己也有医疗卡呢。有一次，叶子清自己的嫂子和侄女过来看病，把母亲卡上的钱都给花没了。

有时候母亲顺着儿媳数落几句儿子，哪天儿子跟媳妇吵架了就翻出来抱怨父母："你们就知道背后骂我，骂我有你什么好，我养着你们还养出不是来了。"

当然，借给他们的钱，是绝对不提的。

情况变成这样，钟慧萍提醒母亲："养老的钱还是得留着，不能乱给他们。手头有钱，要有个头疼脑热的时候不至于太难堪。"妈叹气道："我何尝不知道，可没办法呀，每次他们开口，要是我们不贴补一下，怎么说得过去。"

父亲不失时机地在一旁搭腔："我们用不到钱，攒那么多钱干啥？钱多生事端，花出去了事。"在攒钱上，父亲一直不赞成母亲存钱。他的总结如刀劈，干脆利落得不见一点断茬，倒让钟慧萍哭笑不得。她不愿多生事，母亲心思一直很重，说多了一直会放在心里反复倒腾，惹得自己不痛快，可钟慧萍也了解母亲，下次再听到某个由头，母亲依旧会“出手相救”她儿子儿媳的。

对大哥说话，钟慧萍知道叶子清一直是有所保留，不是什么话都原原本本说给大哥的，有些话经过加工，跟原意不太一样，听到大哥耳里，自然是另一番意思。有好多次，钟慧萍跟叶子清陈述某件事后，叶子清再转述给大哥，加了自己的猜想，带了自己的判断，再听到大哥说出来，语意相去甚远，钟慧萍想这得用多少匹马才能拉回来啊。

在供养老人的事上，钟慧萍不知道怎样才能让叶子清明白，有一对八九十岁的父母经常惦记着，是人生多大的幸事啊，如果再多点爱与包容，那就是实实在在的“幸福之家”了。又一想，叶子清又怎能不明白这个道理，当她跟母亲说“你要保重好，靠别人不如靠自己”，跟父亲说“幸好有妈妈，不然靠我们是靠不住的”时候，言语里似乎充满了清醒。正如那句话“你永远叫不醒一个装睡的人”，当一个人心里塞满了杂草，这个世界也就只剩下收割了。对娘家剪不断理还乱的状况，钟慧萍实在无能为力，没那么复杂的家庭，却因为各自复杂的心思而变得一言难尽。

六

母亲白天能坚持来医院，让钟慧萍有了些喘息的机会，父亲的状况时好时坏，好也只是相对不好的时候，坏却是一天不如一天。这次，父亲的各种病接连冒了出来，胃不疼了，又开始尿不出来，钙化了的膀胱被尿憋得痛不欲生，插了尿导管再没有憋尿的过程，身上其他地方的疼痛又开始了——总也不知道他身体里哪个器官还能正常运转。这阵子，父亲的情绪极其不好，除了暴躁，还动不动莫名其妙地哭。钟慧萍一个人在医院白天黑夜守着，内心的煎熬犹如海啸，父亲的变化更使她无所适从。大哥不来医院替换一下她，她能有什么办法，母亲说她也很少看到儿子，早上的稀饭都是用电饭锅预约时间熬好的，母亲自己去盛一碗，就着咸菜，一顿饭就自行解决了。母亲有时出门晚，也不见得能碰上儿子，他有时候连楼都不下，但他种的菜地却是没耽误半点，晚上母亲从医院回家，总能看到走廊边上放着的菜。至于叶子清，精神头一点没减，跟母亲说话倒是越离越远，从母亲一进家门，就拿酒精往她身上一顿喷，甚至母亲在堂屋走动一下，叶子清就会在堂屋喷一圈酒精。也难怪，疫情防控突然放开，防护没有错，可叶子清除了防疫，对父亲的病情倒想不起来，偶尔想到了，也只是询问一句：“今天怎么样，比昨天好些没?”这话约等于没问。可末了她还要加上一句：“真是辛苦慧萍了，要是没有她，爸爸在医院晚上可怎么办呀。”其他实质性的问题，是绝口不提的，大概是怕提了给自己惹下事端。

大哥大嫂这边是指望不上的。老傅那里更谈不上，别说来医院替换钟慧萍照料一下父亲，他不给她打电话寻东问西，催促她回家帮他找东西就很不错了。钟慧萍现在成为父母唯一的支撑，这让她既欣慰又难受，更多的时候，她什么都顾不得，疲惫使她身体消耗透支，说实话，对于一个曾经赖床的人，目前最大的愿望是能好好睡上一觉。在病房没地方睡，晚上医院不让打地铺和架简易床，她在病床的护栏上趴着眯一会儿，父亲一旦有动静，她能迅速醒来照顾。有一天晚上，她实在太困了，把没有支撑住的床护栏压塌了，屁股下的塑料凳弹出去老远，她直接栽倒在床头柜上，把搁在上面的物品全撞到地上。病房里深夜不那么安静，不同仪器不同频率的声音像一张纵横交错的网，大家都习惯和被迫习惯了这种不同声音频率织就的静态空间。钟慧萍突然制造出的物品破碎声打破了频率的节奏，显得空旷和突兀，把同病房的人都惊醒了，他们寻找动静的来源。同样被惊醒的父亲使劲撑起头，发现是自己女儿倒在地上，吓得惊叫了一声，翻身要起来拉她，他忘了自己还插着尿管，忽然间大幅度的动作使他疼痛不堪。父亲能做到的只有伸手要拉钟慧萍的动作："慧萍，你没事吧。"还有惊慌的声音。

钟慧萍被摔蒙了，坐在地上好一会儿才反应过来，她顾不得身上的疼痛，从地上爬起来，握着父亲的手，轻声安慰道："没事，爸，我没事。"

父亲紧紧拉着女儿的手，把身子向一旁挪了挪，又努力屈着腿，说："你也是六十多岁的人了，哪里还经得起这般折腾，来，到床上来睡，咱俩挤一下，你不能趴在床沿上，容易冻着。"

父亲瘦削的身子紧紧贴着另一边的护栏，他居然空出一半的床位。"慧萍，是爸爸拖累你了。"父亲说完这句话，哽咽起来。父亲一直是个粗枝大叶的人，他没母亲那么敏感，也没母亲心思缜密，他从来不为自己的吃穿用度考虑，老了后没有一点年轻时刚强、暴躁的影子，在时间的反复打磨下，他与钟慧萍从小就惧怕过的父亲再无一点重合之处。想想岁月有多残忍，惊天动地的改变能以绵绵不断、和风细雨的面目呈现。

岁月放过了谁！

病房暗淡的灯光下，钟慧萍似乎才发现病床那么大，父亲那么小，父亲身上那些曾经的坚硬力量是什么时候被彻底瓦解腐蚀掉的？她被自己的迟钝惊住了，眼泪倏忽落下来，好在背光，父亲看不清她的泪水。

为了不让父亲担心，钟慧萍上床窝在他的脚下。受这么大的悲伤，她以为自己会睡不着，当她抱住父亲穿着厚厚袜子的双脚，父爱传递过来的温暖，瞬间让她有一种不可名状的踏实感，她竟然放松下来，很快就睡着了，护士进来查房也没把她惊醒。这是自父亲再次住院后，钟慧萍最为漫长的一次睡眠，很奇怪，很多声音像是被消弭了，她紧绷的神经里没有留下一丝踪迹，直到第二天早上才在父亲疼爱的目光中醒来。她有些羞愧，虽然不自觉中她把自己缩得很紧，但父亲的脚依然被她挤到被子外面，松脱的袜带团在脚踝处，裤腿则到了腿肚子那儿，一小截瘦腿裸露着，她起身把父亲的脚掖进被子里，脚很凉，像冰块一样。她不知道父亲为了让她多睡会儿，强忍了多久。

“爸，怎么不叫我？看把你脚冻得这么凉。”

“不要紧，我不冷。这段时间你太辛苦了，没睡过一个好觉，好不容易能睡着，就让你多睡会儿。”父亲话语里有一丝欢欣，好像女儿能睡这么长时间，是值得庆贺的一件事。

钟慧萍确实需要一次这样温暖而相对充足的睡眠，尽管这不足以让她完全恢复到之前的精神状态。近来钟点式的睡眠让她精疲力竭，她感觉自己的双腿是飘浮式地行走，时不时撞到病床磕到旁边的床头柜，甚至出去时无法控制肢体往门框上乱撞。白天母亲老埋怨她，怎么毛毛躁躁的。许是在儿子儿媳那里过于谨慎，母亲对女儿没必要收敛，她的冷暖体验，敏感脆弱，衰败无力，在女儿跟前，都像暗夜里被禁锢的光，随着天明时分的到来慢慢释放。

钟慧萍自知嘴拙，她的话语安慰不了母亲攥紧的疼痛，便报以讪笑用其他的话题转移母亲在不快和不安情绪中的沉浸。母亲确实会为女儿表现出来的迟钝哀叹，转而把注意力落在女儿身上，对她的处世方式进行指点式品评。当然，说得最多的还是老傅。多少年了，母亲对这个女婿的感觉并没有因时间的推移而有所改变，因为老傅完全活在自己的喜好里，对自己以外的人他是没有热度的，那种疏离感像是他从胎里带来的，哪怕他再怎么表现出热情，你也觉得，那可能是他敷衍的伎俩，而不是他试图用心融入。这大概也是钟鸣许多年来同样不待见老傅的原因之一。就连父亲，早先那么暴烈的一个人，也努力展示他的温和诚恳，对老傅不说一句重话，几乎是谦卑了。老傅一以贯之，不因为母亲的轻淡、父亲的温和、大哥的不屑而有一丝改变，他在人群里摆足的架势，无人搭理的落寞，为喝口酒卖力地周旋，遇到事情冷漠地逃避，依然鲜活地活着他自己。

每每说到老傅，母亲总要叹息女儿的温暾软弱助长了老傅的不明事理。钟慧萍有时候不以为然，老傅就是一棵匍匐在地的爬藤，虽然成不了可以依攀的大树，但他无毒无害，甚至是无刺，这也勉强算是优点吧。钟慧萍承认，很多时候母亲自有她的生存法则，她是充满智慧的，自己缺少她的智慧，也没有她的气度，依靠个人的力量摆不平来自方方面面的压力，现实生活乱麻一样，怎么能理出头绪？正如父亲说的，她也六十多岁了，人生过去了大半，还需要多少心力去与生活抗争呢？

算了，不较这个劲了。

七

父亲住了半个多月院，病情反复，有天忽然欢欣地跟钟慧萍说："好了好了，把管子拔了，我就能出院回家了，医生说的。”

钟慧萍很诧异，问父亲：“医生什么时候跟你说的？我怎么不知道。”

父亲不接她的话，又重复道：“你快收拾一下东西，等把管子拔了，咱就出院。”说了几次，钟慧萍这才意识到，父亲可能陷入了神志不清，她一下子紧张了，慌得手足无措，握着父亲的手不知自己该做什么，能做什么。她去找了数趟主治医生，医生却问她要不要试一试新的进口药。进口药是自费，也很贵，或者有效果，但也因人而异。钟慧萍不敢专断，给大哥打电话商量要不要用进口药。大哥思忖良久，才说了一句，那就用吧，死马当作活马医。这话说的。钟慧萍顾不得思虑大哥话里的歧义，迅速让医生给父亲开出了医院新进的进口药。

只是用药前，医生下过病危通知。理由是父亲年龄过大，引发的基础病多，用药太温和，力度不够，身体吸收的意愿不强烈，治疗效果不好，进口药能不能对父亲起作用，有什么样的作用，是未知数。医生轻易不会冒这个险，该有的风险都得提前规避。钟慧萍流着泪在病危通知上签了自己的名字，她不知道自己的名字签上以后，父亲的命运会如何，她能不能承受住接下来或许是最坏的结果?

不知内情的母亲还以为父亲的病情真的好转,她压根没听出父亲这句话背后的隐秘,跟父亲一样欢天喜地收拾起东西,作出院的准备。

看着这一切,钟慧萍心如刀绞。

钟鸣和叶子清终于来到医院。钟鸣站在父亲的病床边,轻声喊着爸,却没其他的话可说。父亲看着儿子,笑道:“等下医生就过来拔管了,一会儿我们回家!”钟鸣脸上神色动了动,眼中的冷漠忽地就没了,竟然红了眼眶。他看了眼钟慧萍,赶紧扭过头去看窗外。

窗外是医院的篮球场,说是篮球场,只是因为两头各有一个篮球架,中间场地却是普通的水泥地,弯曲着无数条裂痕,如今停满了车,理所当然地变成了停车场。

人间事物很多时候就是这样不可思议,想象和规划与现实之间总没那么平铺直叙,在曲折行进的过程中,却演变为另外一种形态。篮球场旁边是一幢宽大的平房,那是医院食堂,钟慧萍每天穿过球场密集的车阵去打饭,说是营养饭食,吃到嘴里的全是敷衍哄肚子,每一样菜都是靠着大油和火辣来刺激人的食欲。父亲口味偏重,却不敢吃辣,钟慧萍每次打饭都要斟酌好久,父亲的胃口越来越小，有时候还没见饭菜直接就说不想吃。母亲眼见父亲不吃，她也不肯吃，倒逼得父亲想不想吃，都会张嘴吃几口，像是为安慰母亲，也像是两个人之间玩的游戏："你看你看，我都吃了，你快吃。"为了让父亲多补充点营养，钟慧萍买了不少水果，每天只要父亲多少能吃点水果，她心里也踏实些。

最让钟慧萍感到意外的是，忽然有一天，老傅给她打电话，说是买了一只土鸡，已经炖上了，问父亲能不能吃。钟慧萍的眼泪当时差点夺眶而出，没想到所有人眼里最薄情的老傅，这时却忽然开窍，竟然泛出了暖意。老傅骑着电动车将炖好的鸡包裹得严严实实，钟慧萍喂鸡汤给父亲喝时，汤还烫嘴。父亲喝了两天的鸡汤，脸色起了红晕。这是老傅的功劳，钟慧萍又让老傅炖过一次鸡汤，却再挑不起父亲的胃口。

儿子儿媳突然来到医院，母亲于惊讶中不知是带着些惊喜还是猜测。为掩饰自己的情绪，母亲打开装有水果的塑料袋，拿了个颜色鲜艳的苹果递给儿媳——叶子清喜欢吃苹果，尤其那种甜中带绵的苹果。母亲记得儿媳很多的爱好。叶子清离父亲的病床有点远，不过比父亲刚入院那会儿站在门口的距离要短多了，她还是没打算像钟鸣那样站到父亲跟前来。

叶子清接过苹果，扯了母亲要去病房外面。钟慧萍第一次萌生了要听叶子清跟母亲会说些什么话的想法，她尾随出来。

病房外面的走廊有几张颜色暗沉的铁椅，透着冰冷的气息。医院到处是白色，本来就够肃穆静寂，再有这些更显寒薄的铁椅子，让人有种悲恸欲绝的无助感。有两张椅子上坐着人，不知道是病人还是陪护的家属，或者都是，抽烟咳嗽的，脚下碾碎的烟头和痰迹，在灰白色的大理石地板上尤为扎眼。来往的几个护士，往坐人的椅子那边看看，却不阻止，地上的脏乱跟她们没有关系，她们脚步匆忙，每个病房都满员，每个病人都挂着各种药水，护士站的电子呼叫器没有间隙地呼叫着，没有什么会比生命更重要。

钟慧萍从病房出来时，叶子清已经直奔主题；“妈，爸爸要用自费药，你得赶紧去取钱。”她把焦虑挂在脸上，也许是出门时急，忘了吧，她这次居然没戴口罩。

母亲一脸疑惑：“什么自费药？你爸不是要出院吗。”

“出什么院啊，都下病危通知了，你没看爸神智都不清了？不用进口药治，怕是过不了这个关，要不我现在陪你去取钱，别让钱耽误了治疗。”叶子清在走廊杂乱的声音里，刻意提高了声音，为让母亲听得更真切。

钟慧萍走过去说：“药钱——我已经交了。”她眼眶发红，眼神发飘，像是看着叶子清，目光的着力点却不知真正在哪儿。

这下，叶子清有些尴尬。钟慧萍仍是疲惫憔悴的样子，头上窜出的白发比妈妈的还纯粹雪白，这让她看上去更显风霜，更衰败。她和叶子清的头发都是染过的，但叶子清打理得好，根本看不出那一头黑褐色的头发本质已泛白。叶子清连头发都掩饰得很好。钟慧萍一时有些精神恍惚，生活并不待见她这种缺乏狡黠的女人，叶子清比她精明，有小聪明，明白生活是怎么回事，左右逢源让她有更宽广的舞台来扬手挥袖，可是，她那么会经营，有各种粉饰的能力，为什么偏偏对父母时不时要露出她神似蜜意的铁石心肠？

“你哥带卡来了。”叶子清的尴尬不过片刻，立马找到了对策，“他说是要去给爸爸交自费药的，这药太贵了。”

钟慧萍总是克制自己，觉得自己像站在一条黑暗的隧道中，正走向一个未知的终点。那个终点她看不见，却一直在毫不留情地等着她，她无处逃避。此刻面对叶子清，她不想再说任何话了，过去扶住母亲往病房走，转过身的时候，她的膝盖忽然一阵剧疼，导致她站立不稳，身子往地上倒歪。倒地的时候她迅速松开母亲的手，纵使这样，母亲还是被她拉住趔趄了一下。

钟慧萍倒在了地上，光滑冰冷的地砖上满是脚印，她清楚地看到自己的胳膊压在一棵香烟头上，一头黑一头黄。倒地之后，她终于想起来，有一个晚上，她趴在床沿睡觉摔到地上，膝盖磕在坚硬的床沿，又碰在铁质的床头柜上。她的膝盖几年前曾经做过手术，之后就一直隐隐作痛，只是这隐痛在这个时候实在算不得什么，也顾不上。她叹了口气，索性把这段时间蜷得太紧的身心彻底打开，让地上的凉气快速渗进自己的身体，她好清醒一点。这阵子，她脑子总是迷迷糊糊，尤其是这几天，她有时候脑子里一片空白，甚至想不起来自己为什么在这里，干些什么。此刻，又硬又宽敞的地板托着她，使她竟然有了踏实感，脑子不再悬空飘浮了。

这下，她终于可以放松，躺平了。

弦 外

一

陶静怡似乎还沉浸在丈夫周大齐这匹千里马终于遇到伯乐的欣喜之中，她不再像前一段时间在屋子里哼歌了，脸上却掩饰不住那一汪水色，像枯干的草忽然间逢了春一般。周大齐学的是摄像，经常在外面跑，不经常来住，陶静怡也不那么忙乎，每天把更多的时间留在厨房，用她的一双巧手，将普通的蔬菜倒腾出一片欢腾的色彩，把同屋的柳妙妙和宋小洋看得眼都直了，连呼陶姐的厨艺才真正叫高手在民间！

陶静怡也不谦虚，说这还是材料简单了，真要是什么都有，她的手艺绝不比五星级酒店的大厨逊色。或许是心情好的缘故，抑或是一个人孤单，陶静怡让柳妙妙和宋小洋别自己做饭了，反正她一个人也是做，三四个人也是做，她们既然看得中她的厨艺，不如跟她拼伙。反正，她们共同租住一套单元房，虽不同屋，但厨房共用，一起拼伙，还省下不少电费、燃气费呢。

柳妙妙毫不犹豫，一口答应："好啊，正好不用下厨房，免了闻这油烟味，我现在……"她突然停住话，眉眼间的黯然像舞台上的幕布，哗啦一声落了下来。

宋小洋没柳妙妙的爽快劲儿，她在想这拼伙该怎么个拼法，依她对陶静怡平时的了解，这拼伙的费用大概低不过她给自己定下的伙食标准。若稍高些，她或许还能接受，若高得离谱，她还是不要拼，虽说拼伙方便，也省了心，但到底是用陶静怡一人之力，她都觉得不好意思，于她而言，这又是额外的消费。

宋小洋家在南方农村，父母去世早，她是被叔父养大的，家境一般，她吃饭简单，平时煮个挂面，热个馒头而已。

"陶姐，您刚才说拼伙，我可当了真的。"拼伙正合了柳妙妙的心意，她确实厌烦了每天在厨房的挑挑拣拣，更无法忍受呛鼻的油烟。

“怎么拼啊?”宋小洋最关心的还是拼伙的方式。

陶静怡说:“平时怎么样，现在还怎么样呗!咱姐几个，不用计较太多。我呢，负责买菜和大厨，你们负责吃就行——不过扫尾工作得辛苦小洋了，妙妙现在的情况特殊，你帮着择择菜可以吧?”

“那……我们拿多少伙食费呢?”宋小洋见陶静怡绝口不提伙食费用，心里有些不安。厨房的善后陶静怡和柳妙妙平时都操持得不多，柳妙妙好说，多数时候也就下个挂面或者煮个方便面，不像陶静怡，真正具有大厨的风范，厨房于她不是弹丸之地，简直就是任她刀砍斧凿、挥刀舞棒的战场，她若不动点儿干戈都对不住这样的场地。只是陶静怡大厨有个特点，就是爱吃油，这原本纯属个人喜好，旁人无可厚非，反正吃多吃少吃稀吃稠吃浓喝淡，都要合自己的口味。但问题是陶静怡的油料经常性地不够，她自己还不自知，每次都是一拎油壶，哟，油没了，锅都烧热了，于是操起宋小洋或柳妙妙她们的油壶，一边说着“借”一边就往锅里倒。“借”不过是掩饰性的词，类似于“犹抱琵琶半遮面”中的琵琶。这种纯消耗性的东西，你好意思借，别人不好意思讨还哪。就这么经常性地借着，借到宋小洋和柳妙妙的油壶也干净了，这才变戏法似的拿出一壶新油来。不光是油，若缺了其他作料，陶静怡也是要“借”的，比如大蒜、生姜、大葱之类，当然包括酱油和鸡精。

宋小洋有一次曾跟柳妙妙半开玩笑说，只要咱有的，陶姐一般都会针对性地缺，看来，咱们是她的后仓库呢。

当时柳妙妙也笑，说这你就落后了，陶姐这样算是自律的了，总不至于端上一碟酱油问你去借饺子，倒上一堆孜然粉再来借羊肉。咱们哪，已经摊上好邻居了。

这就有嘲讽的意思了。

好在陶静怡没听到这些话。就算宋小洋把日子过得很精细很小心，但她每个月对于各项消费是有一定额度的，只要没超过她给自己定下的最高额度，她不会太过计较——其实相比大大咧咧的柳妙妙，宋小洋更能理解陶静怡对日子的精打细算，不管怎么说，自己单身一人，现在的工作虽然收入不是太高，若无太多欲望，这般平淡的生活总是可以的。所以，和柳妙妙一样，她也小小地放纵着陶静怡这样遮遮掩掩的“爱好”。

与秀厨艺的热情相比，陶静怡每一次对厨房

的清扫显得敷衍多了，最多把灶台上掉落的菜茎拨拉到垃圾袋里，而对上面布满的油污却视若无睹。自第一次宋小洋趁着劲把厨房收拾过后，这厨房的善后就理所当然地成了她的专事。她当然也可以像她俩一样视而不见，反正清理公共区域不是她一个人要尽的义务。倒是柳妙妙当着大家的面提议过，不如请个钟点工，定时抽空来清理，价钱三个人平摊。这应是比较合理的建议。陶静怡毫不犹豫地否定了，她可不能额外担负这个钱，当时租下房子也没说要保持厨房多清洁呀，差不多就行了。宋小洋也犹豫，她觉得仅仅是为厨房和卫生间，地方不大，每月却要一笔开销来请钟点工，确实不合算。

还没等宋小洋表达自己的意见，陶静怡不知想到了什么，忽然又改口问道："要请钟点工，假如一周一次的话，一个月得支付多少钱？"

柳妙妙想了想，说："若是找家政公司，价钱是固定的，这个没得商量，一小时大概一百块钱，按咱们这样的程度，每周清理一次，每次一个小时的话，一个月也就四五百块钱。我们每个人均摊下来，一个月一百五六吧。"

"四五百块钱也不多。"陶静怡顿了一下，说，"你们看这样行吗？这每周的厨房和卫生间清扫工作由我来做，你们只需把请小时工的钱给我就好。也免得找个不相干的人来，万一手脚不干净，影响咱们的关系。”

柳妙妙和宋小洋没想到陶静怡忽然起了这念头。其实想想，这家里的事——如果把这个出租屋当成她们的家的话，与其找钟点工，倒不如由某个人来承担，既是一份收入，又方便得很。只是——她们都觉得心里怪怪的，本来该是大家一起来维持的环境，请钟点工只是为了帮大家从这份劳苦中解脱出来。平时无论是客厅、厨房还是卫生间，使用率最高的都是陶静怡，但她对这些公共区域却绝对是藐视的，是不用白不用的态度。所以多数时候，打理的都是宋小洋。宋小洋不习惯与人较劲，她也看出来陶静怡是那种绝不能吃一点亏，死都要占理的人，这种人最适合混社会，有霸气！平时，柳妙妙对陶静怡的意见挺大，不过事不关己，吵吵过一回两回她也没劲了，同一个套房里住着，抬头不见低头见，也不能天天吵着过日子吧，累得慌！再说陶静怡，明明看得清两人对她的意见，照样高声大气、理直气壮地把厨房弄得乱七八糟，然后不管不顾，甚至有时候当着两人的面，把菜叶什么的扔到垃圾筐外面，竟连弯腰捡拾的意思都没有，最多拿脚尖往垃圾筐边拨拉拨拉。柳妙妙和宋小洋两人有时谈论起来，都对陶静怡不满，可又无奈得很，她就是那么随意的一个人，真是亏了年轻又志得意满的周大齐能容忍她。不过，萝卜白菜，各有所爱。也许，陶静怡在周大齐的眼里，是另一道绝美的风景呢。

因了陶静怡以往对公共区域的冷漠，对陶静怡自告奋勇要拿钟点工费用承担钟点工的活，柳妙妙和宋小洋异口同声地否定了。

柳妙妙倒不忌讳什么，直截了当地说："别啊陶姐，你做这个钟点工那就不是钟点工了，是添乱工才对。"

宋小洋本来对这个建议有些犹豫，一百多块钱的开支是额外的，若是偶尔的支出，她还能承受，但变成固定的费用，就觉得是一种奢侈了。见柳妙妙提出了反对，还说得这么直白，她忍住笑，没有丝毫含糊，紧随着柳妙妙的话说："是啊，陶姐，还是不专职的好。咱们平时搭把手的事，保持着不那么脏乱就好了。"

陶静怡多聪明啊，能瞧不出这俩丫头片子的意思，她自嘲地笑道："瞧你们，陶姐在你们心里有多不堪，我哪里就变成添乱工了呢。"

这事就这么不了了之。此后，陶静怡还是有了些许变化，会主动收拾厨房了，虽不像她秀厨那般大动干戈，但她再殿后的厨房，瓶瓶罐罐总算归了位，灶台也看得出下了猛力擦拭的痕迹，虽然还不到一眼望过去干净整洁的程度，至少不再是一团糟，看得人头皮发麻了。

陶静怡的变化，柳妙妙与宋小洋看在眼里，两人有一次还专门为此恭维陶静怡，说她不但厨艺好，还很有素质，思想境界高，简直就是北京人民的楷模。

这前言不搭后语的话，逗得陶静怡忍不住笑，说这俩丫头怎么了？是借机损我，还是鼓励我呢？

柳妙妙道："您哪里还要鼓励？我们现在只需向您看齐就好。"

陶静怡摇摇头："行了行了，我明白你们俩的意思，就是之前我太不注意这环境卫生的维护，以后继续发挥我的潜力，争取发扬光大，至少在你们面前做个伟大的人，崇高的人，脱离低级趣味的人……"

这番话把柳妙妙和宋小洋也逗乐了。不过，话总是出口容易，履行起来难，陶静怡对这种"公共事业"的热情只能维持在表面，隔一段时间，宋小洋还得抽空彻底收拾一次。柳妙妙对于这种事也是有心却不肯用力的。有时也跟宋小洋一起做，却被宋小洋阻拦。她唯一用心的，就是买来不同的洗涤用品，还特别买了两双胶皮手套，她对宋小洋说，一定要戴上手套再去做那些活，手可是女人的第二张脸呢。

这也就是陶静怡要拼伙，提出让宋小洋做善后的原因了。宋小洋已习惯了。很多事就是这样，你不做也许永远都不会有人说你什么，但只要做了，再做成习惯，就变成了他人眼里的一种必然。必然的东西想躲都躲不开。

不过，宋小洋这会还没想后面的事儿。陶静怡不会做吃亏的事情，所谓拼伙，拼的也不过是晚餐和周六、周日两天的伙食。现在流行晚餐少吃或不吃，一旦拼伙，宋小洋就不能像去食堂吃饭一样，有可吃可不吃的自由了。何况，她现在周六、周日在培训机构做兼职，有时就在培训机构吃盒饭，这一个月算下来，拼伙于她实在没多少意义。她和柳妙妙的情况不一样，柳妙妙平时就不怎么做饭，前阵，她有次醉酒，她的导师不管是乘人之危，还是别的，她竟然有了身孕，现在就更不方便做饭了。最关键的是，柳妙妙是独生女，没经济上的负担，又是研究生，家又在北京，只是家里父母闹不和，她不愿回家，如果不是师姐经常带男朋友来宿舍居住，她也不用在外租房。说实话，她根本就没有经济拮据这样的概念。柳妙妙不会了解和体会宋小洋这样出身寒门，全靠自己拼杀过来的人对金钱的在意。能省则省，这是宋小洋生活的原则。

柳妙妙虽没宋小洋那般计较，但她不愚笨，宋小洋的话一问出来，她就知道自己性急了。拼伙她是愿意，但不能她一个人跟陶静怡拼啊，总得顾及一下宋小洋。宋小洋节俭，对于拼伙这样的事，她一定会有自己的考虑，何况她们面对的是陶静怡。不能说陶静怡不好，她只是太过于算计，喜欢贪小便宜，吃不得一点亏。与这样的人打交道，也确实挺为难宋小洋的。柳妙妙不好继续表现对拼伙的热情，借着宋小洋的问话，她也看着陶静怡，想知道拼伙到底一个月下来要消费多少。

陶静怡似乎没在意这个问题，她爽快地一笑，道：“看你们要什么标准了。若只是这普普通通的饭菜，也要不了几个钱，不过这样的话咱也没必要拼伙了。我总想叫你们有点吃头，顿顿大鱼大肉我做不到，但每顿有荤有素总是要的。我看你们也不要想这问题了，咱们先凑个整，月底再算总账，有余出来的，留待下月，若超了，咱们三人再各自摊了补交。这样可好？”

说得也在理，柳妙妙能接受。她转头看宋小洋，不知道她是否能接受这方案。

宋小洋咬了咬唇，她不能不谨慎，月结自然是合理，但没价钱范围，她总觉得这份支出会大大超出自己的预算，何况，陶静怡还没有说要不要给她一些辛苦费。无利不起早，若一点好处不占，她凭什么要承担做饭的辛苦？若陶静怡提出了人工费，却又把秀厨以外的厨房事务交付与她，她岂不是把自己又生生套了进去？思来想去，只不过是陶静怡把收拾厨房的任务更加理所当然地交给她打理而已。

犹豫片刻，宋小洋还是说道："算了吧，我是没这口福了，现在也很少吃晚饭，有时候一个苹果就打发了，再突然如此规律地吃上晚饭，怕是胃会提抗议。"宋小洋这样说，算是拒绝了拼伙。

陶静怡不以为然："亏你们小姑娘想得出来，不吃晚饭，还说是为了健康，我看就是纯粹为了身材苗条。不吃饭哪来的健康？"

宋小洋笑道："时尚嘛，赶不上别的潮，这个不吃晚饭的潮好赶，又方便又省事。"

陶静怡看着宋小洋说："小洋妹妹，我说你呀，还真不像现在的年轻人，能挣钱，还本分又节俭。现在这样的女孩子可真不多了，十个里头九个是月光族……"

话没说完，被一旁的柳妙妙打断："陶姐，说这话总得顾及一下我的感受嘛！”

陶静怡双手一合：“糟糕，得罪妙妙了。不过妙妙跟小洋可不一样，研究生呀，又是北京姑娘，将来有个好工作，考公务员，那是往发达上走的，怕是以后，我们这些人妙妙妹妹是拿正眼瞧都不瞧的。”

“您是说我要这样斜着眼瞧?”柳妙妙调皮地做了个高难度的斜眼动作，把陶静怡和小洋逗得笑起来。

二

这天，柳妙妙回家早，一进门，就发现屋里有些不对劲，一长一短两张成直角排列的沙发被挪到一条直线上，刚好和依靠的墙并齐，小小的茶几倒是依旧在原来的地方，像个侏儒站在身材修长的女人身边，怎么看怎么不协调。沙发这样的摆法更突出的是陶静怡捡来木棍做的简易晾衣架，几乎没任何遮挡的东西在一目了然的视线中越发显得丑陋不堪。这么简陋的东西居然撑了几个月仍这么顽强地挺立着真是奇迹，看来陶静怡不仅有想象力和创造力，动手能力也是相当强啊！柳妙妙看着有些怪异的客厅，她知道这一准儿是陶静怡的杰作，只有她才有这个心思和精力不停地折腾，宋小洋才不会动这些，这姑娘除了默不作声扫地拖地，替陶静怡的不羁善后外，绝不肯改变一丝一毫公共格局的，在这方面她自律得几近迂腐。不过，这么个小小的客厅，除了沙发、茶几，也没什么可以改变的。

“这又是想干吗?”柳妙妙微蹙眉，自言自语道。

陶静怡从她的屋里出来:“哎，妙妙，今儿个回来这么早……瞅你一脸的喜色，像是有什么好事呀。捡到钱了?”

柳妙妙笑了:“陶姐您总是三句话不离钱，钱到底有多重要啊!”

“我这是缺什么说什么。要有钱，我一准儿是藏着掖着，半个钱字都不露，免得替别人洗了耳朵。”陶静怡毫不掩饰对钱的渴望。

“陶姐，今天怎么好雅兴，倒腾起沙发来了?”

“噢，我正想等你和小洋回来跟你们商量呢。我有个亲戚要来，女性，这一时半会儿的我替她上哪儿去找住的地方?但她还把我给缠上了，非要跟我挤住几天，等她找到房子就搬走。我就想，反正你周大哥也不在，咱们这客厅又用的少，空着也是空着，正好这沙发一拼，还行。我就睡这里，把我们的房间让给她住几天吧。咱就这条件，我都让出我的房间了，对她也算仁至义尽了吧！”陶静怡只顾说着，全然没一点商量的余地，先入为主地把客厅当成了她可以随意支配的地方。

反正空着也是空着！柳妙妙觉着她和宋小洋与陶静怡不是一块儿合租的房客，而陶静怡好像是房东，她们才是陶静怡的房客，这种关系的配置似乎才应该是合理的。柳妙妙对陶静怡理直气壮地支配客厅的做法又生气又好笑，这个女人身上的霸气真是无处不在啊。

“陶姐您也真够性急的，倒是等我和小洋回来再说呀，您那亲戚还没过来吧？这就把客厅用上了？您是料定我和小洋没意见，还是觉得我们不应该有意见呢？”柳妙妙心说幸好今儿个心情好，不然，她可得跟陶静怡干上了，就这么一块可以坐下来的公共区域，先是被陶静怡变成了她和丈夫的临时餐厅，餐厅就餐厅吧，本来就兼着餐厅的功能，也还没那么私密，但若再变成陶静怡的睡房，这客厅不分日夜，被彻底个人化了，虽说都是女性，但出出进进，像踩在别人的地盘上，多别扭啊！

柳妙妙的话，陶静怡也不知是真没听出她的不满，还是无视她的不满，她没理会，只是兴奋地说：“这沙发一打开，铺上床单，软乎乎的，可比床还舒服呢。”

“是啊，您倒是挺会找舒服的。就不怕沙发太软，天气又热睡着腰酸?”柳妙妙调侃道。她们每个屋里都有空调，唯独客厅没有。

“说的是呢，不过没关系，我是有法宝的，给你看看！”陶静怡说着转身闪进屋，又很快出来，手里拎着一个旧电扇。电扇很小，是没有空调的公共汽车挂在车顶的那种，不知道她从哪儿弄来的。柳妙妙一看，“扑哧”一声笑出声来:“陶姐，您可真的很有想法啊！”

陶静怡一脸的得意:“可别小看了它，体形小，扇出来的风不含糊，还没有大电扇扇出来的风那般硬。其实北京的晚上也没多热，现在的气候半夜还有些凉呢。这东西也就是备着，真要用也挺合适。”

柳妙妙没话说了，她虽然对陶静怡说话做事的劲头有时感到很别扭，但她对生活的热情，对于苦难的承受与消解，却让她自叹不如。她想，如果自己是陶静怡，她会怎样对待迎面而来的各种纠结与困难?毫无疑问，她缺乏这种面对的勇气，因为她连想象的时候自己都是手足无措的，不敢贸然向前，不知道自己踏出去的每一步之后，紧跟着又会逢遇什么她不可想象的事物。就好似，她对怀孕的张皇与茫然，对导师不可预知的愤怒和消极的等待，她没有主动出击的激情，唯有心力交瘁的貌似坚强，轻轻一击则千疮百孔的平静与安稳。

柳妙妙放弃了对客厅权属的争夺，等宋小洋回来看她有什么想法吧，反正就几天时间，陶静怡能把自己的房间让给来人住，而不是让人直接住在客厅，已经说明她对她们的最大尊重了，虽说谁睡在客厅都是一个睡，但意义是不一样的。柳妙妙展开笑容，轻轻一拍肚子说："陶姐，搞定了！"

陶静怡脑子转得快，一下子反应了过来，瞪大眼睛说："你把人家的银行卡密码搞到手了？"

"您真行，还是三句话不离钱。这可比银行卡重要！"

陶静怡"哧"了一声："你个小姑娘，没吃过苦头，不晓得钱多重要，没有钱，啥事都搞不了，永远是个穷命！"

"您这话说的，现在留人银行卡那是傻子，钱都买房押在哪儿当不动产升值呢。只有咱们寒碜人，买不起房，只能租房住，还是几个人合租。"

"妙妙你少拿租房这事寒碜我，你是自讨苦吃，自个儿有住处非寻到这里来跟我们抢地盘。你可就是网上说的白富美……哎，这时候说这些没用的干什么。你搞定了什么？可别跟我说是结婚之类，这玩意儿对你可没什么好处。”

“结婚？这级别高了，我道行不够，就是那老人家愿意，我还不肯呢。免了吧。”

“别卖关子了，快说，急死个人！”

柳妙妙扬了扬手机，说：“别急，都在这里！我翻给你看！”她翻开导师给她发的微信，递给陶静怡。

陶静怡看罢，惊呼道：“天哪，高额奖学金，还要公派留学！妙妙妹子，这么大的事，看来你导师还真是用心了。”

柳妙妙忍不住内心荡漾，她又不好在陶静怡面前表现得太兴奋：“陶姐您不知道，现在奖学金是很普通的了，说是高额，其实没多少钱。倒是公派留学，条件比较严苛，而且我们这个专业实在偏冷，又很本土化，想要有公派留学名额，比登天还难呢。”

“这就是说妹子你走运了呗！”

“还没开始呢，走啥运啊，这还要到明年才能定下。”

“明年？”陶静怡顿了顿，“妹妹，你想过没有，不管明年你能不能被公派出国，这肚子都拖不到那时候啊？”

柳妙妙一愣，她光顾着高兴了，确实没想她未来的所得与现实之间的关系。陶静怡这么一说，一下子把导师推开了，原来他所做的，只不过是给了她一座海市蜃楼，她看着辉煌绚丽，充满了梦幻色彩，但伸出手，却并不能触及，就真的变成了梦幻。

像个肥皂泡，在阳光下才看到斑斓的色彩，紧接着就“叭”的一声破灭了，还被闪了一脸细微的肥皂水，凉飕飕的。

陶静怡看着柳妙妙的脸色不对劲，刚才的阳光没了，脸上泛起一层一层的阴凉。她惊觉自己把话说得太直白，这丫头受不了。她又笑起来，搂着妙妙的肩膀，说：“你瞧瞧，这脸变起来也忒快了。不管今年还是明年，你都没打算要这个孩不是？既然没这个打算，你导师又给了你这样的承诺，总比你一直不吭不哈地等着强啊。这就是台阶啊，妹妹，拿着奖学金，再让你导师给你些补偿——你别嫌我俗，这世上还真是钱亲，何况有胜于无不是吗？趁着有机会，这折子戏能收就收了吧，再这么耗下去，你又不打算真要这孩子，亏的可就是你了。”

柳妙妙明白陶静怡说的没错，她的肚子不是恩不是情，只是一个工具，说不甘也好，说手段也罢，总之就是想从导师那儿给自己寻一个安慰，求得心理上的某种平衡，而这种平衡，与情无关。那么，就是陶静怡说的补偿了。她需要补偿，而这种补偿从导师微信告诉她在为她做某种努力时，她就明白自己真正想要的是什么了，目标一旦立起来，她就不再是之前那般懵懂和张皇失措了。

三

没等宋小洋彻底明白过来，陶静怡的亲戚已经住了进来。这个亲戚看上去与陶静怡的关系并没多么亲密，甚至还有些冷漠，不像是她来找陶静怡借宿的，非但没有对陶静怡让出房间的行为有丝毫感激之情，反倒是一副理所当然的样子。陶静怡也奇怪，竟不言不语。

对陶静怡在客厅的“客居”，宋小洋自然也很不满，但隐忍的性格使她在面对陶静怡不太经意的招呼时仍是选择了沉默。宋小洋知道自己说什么也是枉然，陶静怡是不会在意的，在这个群租的屋里，她的强势无处不在，就如刚搬进来的那段时间，如果不是自己的果敢拒绝，自己房间的阳台便成了陶静怡晾晒衣服的一个区域了。我行我素惯了的人，满世界都是自己，怎会考虑其他人呢。宋小洋见柳妙妙也不言语，一副听之任之的态度，越发觉得郁闷。

最终，陶静怡与柳妙妙俩人拼了伙，柳妙妙把自己从厨房彻底解脱了出来，每天都是陶静怡做好饭，她俩再一块儿在客厅吃着。而宋小洋则仍是自己随便做点什么，多数时候是煮点稀饭，凉拌个小菜，吃得简简单单。开始的时候，柳妙妙不好意思，招呼宋小洋一块来吃，说人多吃得热闹。宋小洋不好推却，和她们也坐到一块。在柳妙妙与陶静怡拼伙之前，还有周大齐，四个人同在客厅吃饭的情景有过好多回，也是各吃各的，谁也没觉着不自在，本来就是各过各的日子嘛。柳妙妙跟陶静怡一拼伙，宋小洋再和她们坐一起，就觉出别扭来了。原是觉得柳妙妙和自己更亲近些，她们之间接触得更多，话题宽泛，性情也合，彼此间有一种亲人的感觉。她们在一起私下谈论陶静怡时，会发泄一下对她的不满。而现在，宋小洋觉出了柳妙妙的远，柳妙妙把自己最私密的事告诉陶静怡，却不信任她，这是不是柳妙妙对自己的疏离？可她什么也没做啊。看她俩拼伙后，陶静怡把菜往柳妙妙碗里拨的那个劲，比对周大齐还热切。宋小洋有些不敢看，陶静怡显见对她是非常不待见的，根本连让她一下的意思都没有。倒是柳妙妙，总说菜多，要宋小洋帮她把碗里的菜解决掉一些。宋小洋明白柳妙妙的心意，只是在陶静怡淡漠的神态下，这叫她越发显得难堪。就是这样，陶静怡那张嘴还不饶人，说宋小洋是嫌弃她的厨艺，或是不放心她这个人呢，怕她贪便宜会买来什么不卫生的东西吧，又说是宋小洋担心她会克扣伙食费。

在陶静怡的眼里，宋小洋是一个成功白领，光秃秃一个人，一人吃饱全家不饿，还能舍得花钱住带阳台的房间，可见手头上是宽裕的，一个女孩子，连吃饭都这么将就着，攒着钱干什么呢？她就不一样了，人近中年，事业无成，从小城出来的又是那么决绝，还有与前夫生的女儿每月需要抚养费，她连停下喘气的工夫都没有，整天都想着怎样能多攒点钱，现在是苦，可将来老了再返回小城时，她是绝不肯潦倒和狼狈的。在北京她怎么努力也无法光鲜照人，因为这个城市大得几无边际，而在这偌大城市里，你永远都无法想象某一个从你眼前走过去，看着很普通甚至很卑微的人，或许他（她）就有着无数人难以企及的身家。陶静怡自觉做不到让人难以企及的地步，但她宁愿或者说需要用现在的灰败，来衬起将来某一天风光地站在小城的跟前，哪怕这风光真的就只是一阵风似的“光”。

陶静怡的亲戚住了快一个礼拜的时候，宋小洋忽然觉得不对劲。

平时的陶静怡是半个夜猫子，比她和柳妙妙都睡得晚，她很多时候进入梦乡都是伴着客厅电视里忽高忽低的声音。自从睡客厅后，陶静怡反倒正常起来，逢到十点就关电视闭灯睡觉。没了电视声音的相伴入眠，宋小洋忽然觉得这世界一下子空旷起来，夜也如此的安宁，前几日心里萌发的郁闷之气，随着安静的睡眠一扫而光。客厅被占用，除走出去感觉有些凌乱和拥挤之外，似乎也没啥不适，不过话说回来，凌乱是一贯的，而拥挤也只是属于夜晚的客厅，于她，还真没什么大碍。这样一想，宋小洋就坦然了，就像当初她拒绝陶静怡在她的房间出入阳台晾晒衣服后，出现在客厅里的那粗陋原始的晾衣架，她和柳妙妙不也习惯了这个物种？

这是个周末的晚上，宋小洋去辅导机构跟了周末班。因为下课后有个学生缠着她解了几道题，她回来得晚了些。进家门的时候，陶静怡已经睡了，宋小洋怕影响陶静怡，没有开灯，想借着屋外浅淡的路灯光，简单洗漱后，再回自己的房间。但她刚摸到洗手间的把手，正要拧开时，门却一下子开了，宋小洋没拿住劲，身子往前扑了过去，撞到一个人身上。忽然亮起的淡蓝色光芒，把宋小洋吓得压着嗓子猛叫了一声，同时站直身子，借着亮起的光亮伸手迅疾将卫生间的灯摁亮。

宋小洋看到卫生间门口，站着一个举着手机也一脸惊吓的陌生女人。

客厅的灯这时也亮了，陶静怡从沙发上蹦起，冲着卫生间喊道："小洋，干吗呢?"

这的确是一张陌生女人的脸！宋小洋惊讶地看着她，问："您是……"

陶静怡赤着脚冲过来，拉住小洋说："哎呀，这是我那亲戚！出来上厕所呢。你怎么稀里糊涂的，上班上累了吧？快休息吧。"说着，放开宋小洋又拉着陌生女人的胳膊，说，"瞧，我忘说了，厕所的灯在这儿呢，你咋就不问一下。别吓坏了，快进屋睡去吧，明儿不是还要早起办事吗，早睡早起！"

陌生女人这才冲宋小洋微微一笑，侧身从她身边走过去，径直去了陶静怡的房间，把门关上了。

宋小洋还处于愣怔之中。这个女人根本不是前两天她见过的那个陶静怡的亲戚。

陶静怡打了个哈欠，说："小洋你进来怎么不开灯啊，人吓人会吓死人的……我去睡了，你也早点儿休息吧！"

宋小洋犹豫了一下，还是问了一句："陶姐，你又来新亲戚了？"

陶静怡转过身："什么来了新亲戚？一直就一个人哪！你以为我愿意睡客厅啊？"

"这不是前几天那个亲戚啊？"

"你也就见过一两面，哪里记得住。再说人晚上和白天的相貌有差异的，白天化妆，晚上一卸妆，鬼都认不出来，那差距大着呢。我这亲戚就是喜欢化妆……哎哟，好困。不说了，睡去吧。"

陶静怡一边打哈欠，一边移向沙发，往沙发上一倒，接着睡了。

宋小洋心中就算还有疑问，也不好再问。再怎么，客厅已经变成了陶静怡的卧房，沙发变成了她的床，就算她还有十个二十个亲戚过来，只要不占用自己的房间，又与己何干？

这么想着，宋小洋却还是感觉不自在，最初因了悄没声息的周大齐存在，她和柳妙妙对客厅的使用次数就非常少，可也仅仅是少而已，却并非没有。而现在，陶静怡把客厅变成了卧房，客厅便有了私密的意味，多待上一会儿，也像是闯入了别人家，看人家生活一样，免不了缩手缩脚，一点也没有公共领域可以放心随意使用的感觉了。

宋小洋把那晚的遭遇还是告诉了柳妙妙。柳妙妙有些惊讶，她说自己也很奇怪陶静怡的行为，按理，来人若是亲戚的话，以陶静怡能让出房间自己睡客厅，而且还不带一句怨言的做法，那一准是比较亲近的关系才能让她这样。可是除了睡客厅，陶静怡的生活状态没见任何异样，从没见她招呼过那亲戚一句；她倒按时把柳妙妙的饭菜准备好，咋咋呼呼地喊柳妙妙吃饭，却理都不理她的那个亲戚。那亲戚也怪，很少露面不说，偶尔出来与人相遇时，也绝不主动吱上一声，总是耷拉着眼皮，埋头侧身而过，好像对方是空气一般。因为是陶静怡借住的亲戚，陶静怡都不在意这样的怠慢，她自然无所谓了。

“会不会……我们被陶姐迷惑了?”柳妙妙抱着胳膊，微蹙着眉说，“或者根本不是什么借住的亲戚。”

宋小洋看着柳妙妙，她其实赞同柳妙妙的说法:“可这又为什么呢?她情愿住着客厅，把自己的房间给不是亲戚的人?如果是同情人家，怎么她们之间连话都很少说?至少借住的人会有感激之情吧?”

“您说，如果她们之间什么关系都没有呢?”

“难不成在大街上随便拉个人来死乞白赖地住

她房间，然后自己睡沙发？陶姐做这种事，除非她脑子有问题……”宋小洋刚想笑，忽然意识到柳妙妙话里的意思，有些迟疑地问，“您的意思……陶姐想占用客厅？”

柳妙妙撇撇嘴：“客厅不占也一直是她用着，还用得着再多此一举？我在想，陶姐是不是在做二房东？”

宋小洋疑惑地说：“二房东？不可能吧，咱们的房租不是直接打给房东老太太吗。”

“哎呀，不是这套房，是她租的那间房。她把租的房间再租出去，反正现在周大哥不在，她一个人睡在客厅也没啥不便，这样的话，她就可以赚些房租……也是一份收入呢。”

宋小洋这才明白过来，这确实符合陶静怡的作风，对钱孜孜不倦的追求是她人生的最大意义。

“可是，她不是说周大哥在剧组正越来越红火，以后怕是要赚大钱呢。陶姐怎么看得上这几个钱？”宋小洋还是有疑问。

“哎，谁嫌钱赚得多？何况周大哥赚不赚大钱谁知道呢。陶姐可不是个理想主义者，在没有看到真金白银之前，她才不会放弃任何一个赚钱的机会。”

柳妙妙还告诉宋小洋，她跟陶静怡拼伙，陶静怡确实很高兴，每天的饭菜也花了心思，虽是些普通家常菜，却做得色香味俱全，挺诱人的。陶静怡说她现在正亏缺着身子，得好好补充营养才是。不过所谓的营养——柳妙妙笑着说，也仅限于鸡肉。柳妙妙每顿吃到的菜里都会有鸡肉。这鸡肉成了陶静怡念念不忘的营养招牌，尤其是柳妙妙每周把三百或四百块钱伙食费交给她时，念得越发勤快，柳妙妙就有了占陶静怡便宜的错觉。为了不让陶静怡吃亏，柳妙妙每到周末就往回带些陶静怡舍不得买的菜来，牛羊肉、鱼、一些菌菜之类。这样，陶静怡才不念叨鸡肉了。柳妙妙算了算，工作日一天一顿晚饭（有时候不回来吃，会提前给陶静怡短信说一声），两个休息日，一个月下来她的伙食费约合一千多块钱，还不把她自己买菜的钱算在内。

宋小洋吓了一跳，这比她预想的更多。她以为每月四五百块钱就能拿下来，柳妙妙却超出了一千块钱，就是说，柳妙妙在陶静怡那里不仅是拼伙的性质，还有了雇用的意思。她庆幸自己当时退缩了，这笔差不多与房租等同的开支，不是她能承受的。宋小洋瞬间觉得简单如挂面的饭食实在是可爱又实用。当然了，她也意识到柳妙妙告诉她这些并非单纯是拼伙的事，而是用来佐证陶静怡不仅能干，更是精明！

精明到不肯无视客厅的放任，她要把所有能利用的空间都变成她的一种资源，能让她在未来的空间变得更加强大。

二房东一说，也仅仅是柳妙妙和宋小洋的猜测，就算是急于租房的人也要考虑房源的稳定性，谁也不能只租那么几天就重新换地儿吧？就算短租，也不能那么委屈地租下一间来历不明的房间，还得配合着陶静怡的时间和生活习惯，刻意对另外的房客保持缄默和距离；再退一步，就算能这样委屈，短租不考虑那些公寓房，却要挤进这一间房里的人，也足以说明生活很局促，不可能一日三餐都吃在外面，连厨房都不用。所以两个人猜测完后，只能眼巴巴地你看着我，我看着你，毫无办法。

四

过了几天，柳妙妙正在自己屋里收拾东西，听到防盗门打开的声音。这才半下午，不是宋小洋回来的时间，那应该是陶静怡了。柳妙妙没在意，心说正好走前可以知会陶姐一声，晚上不用做她的饭了，就连接下来几天的饭大概都可以略了。她顺带想象了一下陶静怡听到这个消息时的表情，她会不会又担心自己会借着这个机会，以后不再跟她拼伙了呢？这个女人确实太能干，也能吃苦，可就是——妙妙想着笑了笑，“视钱如命”，没有人比陶静怡更适合这个标签了。

一阵踢踏的脚步声在客厅凌乱地响起，同时还有男人与女人调笑的声音，如电视电影里的镜头，有十足的画面感，把屋里的柳妙妙倒吓了一跳。她第一反应是周大齐回来了！但很快又被她否定，男人的声音如锯齿一般，又尖又厉，根本不是儒雅的周大齐的嗓音，而且那粗俗低下的嬉笑调情让她听着有些恶心。柳妙妙不是固守象牙塔的书呆子，不可能不清楚外面的男人和女人是什么关系。她本不想理会，若真的是陶静怡和周大齐还好，两人是夫妻，放浪一些也是他们夫妻间的事。可分明女人的声音不像是陶静怡！

柳妙妙疑惑了，好奇心使她把房门轻轻打开一道缝，想确认一下是谁。她刚抓住门把手，门却一下子被撞开，她没防备，被撞得倒退几步，重心不稳，顺势蹲坐到地上。

门外站着表情愕然的男人和尴尬的女人。看着柳妙妙被撞到地上，女人慌了，要进来拉起柳妙妙，被她喝住了：“不要进我屋！出去！”

女人神色一变，脸上露出一副不屑的神情，身子一拧，拉着男人就走。男人不明白什么状况，

“哎哎哎”地叫着:“让你的伙伴一块玩儿!”女人不吭声，强拉着男人进了陶静怡的房间，把门“砰”地一下关紧。

柳妙妙终于明白陶静怡所谓的“亲戚”是什么样的女人了，也明白了为何自始至终，她和宋小洋在这个屋里别说未见陶静怡与“亲戚”之间的半点亲情，连普通的人伦纲常都没有。原本就非亲非故，只是一场利用，一场交易而已。想到这点，柳妙妙顿时血往上涌，心中万马奔腾。陶静怡究竟是个什么样的女人，如此精于算计，视钱如命，却又性格刚强，桀骜不驯；她邋遢毛躁，偏又勤劳能干；她快人快语，语言犀利偏激，又有温婉之心，爱夫之情。这个集冰火于一身的女人，简直就是——妖精！可怜自己和宋小洋，身在这种龌龊的环境而不自知，只道陶静怡是个有情义的人，虽然对她们有算计之心，却分寸拿捏得也好，很多时候倒也能够桥归桥路归路地把事儿理得清楚。

若不是这次偶遇，柳妙妙不知道她和宋小洋还要被陶静怡隐瞒多久。

宋小洋一如既往地按点回到家。快入秋了，不仅早晚的温差变大，昼夜长短也在悄然地发生变化。宋小洋到家时，天已有了昏黑之意。自从与柳妙妙拼伙之后，陶静怡回家比以前早了许多，好像她的时间是有弹性的，这弹性从何而来，宋小洋和柳妙妙都不得而知。陶静怡从来都不曾正面聊过她的工作，只含糊地说自己没学历，就是打短工的，赚的不过是糊口钱，比不得她们两个年轻女孩，钱来得容易，花得也坦率。宋小洋记得自己当时心里还美得不行，尽管她花钱根本说不上“花得坦率”，只是想想自己一个人租了带阳台的房间，比陶静怡夫妻俩窝在面积最小的房间，这让她有了“高大上”的感觉！人的很多感觉都是比出来的，看到那些生活奢华的人，自己会生发自卑，而面对更多在艰辛中求生活的人，又忍不住为自己拥有的这份安稳涌出幸福和自豪。到底，这个世界是善良的，它让你在各种不平衡中寻找到慰藉，只要你看到自己不是运气最差的那一个，便有了努力生活的勇气和热情。

客厅里是昏暗的黑，隐埋在一片静寂里。显见陶静怡还没回来，不然，客厅和厨房一定是灯光明亮，而她高声大气的说话或是哼唱的声音，也一定会在整个屋子里弥漫。宋小洋在客厅的暗黑里站着，只是静静地站着，不想开灯，这种寂然像幼时父亲的怀抱，让她倍感安宁。她瞬间依赖上了这种安宁，对日复一日的奔波行走却望不到边的生活忽生绝望感。“我就是我，是颜色不一样的烟火；天空海阔，要做最坚强的泡沫。”张国荣的一首《我》曾经深深地震撼过她，她以为自己同样也是那片颜色不一样的烟火，在“孤独的沙漠里，一样盛放的赤裸裸”。可是日久的孤独会侵蚀那份坚强，泡沫只是泡沫，温温软软的脆弱，不过破碎得干脆利落而已。

站立得久了，客厅的黑暗由薄而厚，竟慢慢变得浅淡了，屋外的街灯亮了，漫不经心的灯光流淌进来，在客厅留下薄薄的一层。这样暗淡而静谧的时光在这套出租屋里并不多见，宋小洋倒希望这一刻，那个喜欢咋咋呼呼的陶静怡能走过来高声大气地说，哎哟，小洋你干吗站在这儿不动，吓死个人！宋小洋轻叹一口气，屋里静寂无人，她不知道陶静怡怎么比她还晚呢。

这时的陶静怡，已经不知所以了。

接到柳妙妙的电话，陶静怡慌了。柳妙妙算是很克制了，只是问她那位亲戚到底什么时候离开？陶静怡当时没多想，随口道，谁知道她什么时候走啊，我也烦了，你以为我每天睡沙发舒服啊！柳妙妙说，不舒服是自然，沙发哪能比得了床。陶静怡“哎”了一声，可不是嘛，你说上哪里找我这种有情有义的亲戚去，人家倒好，让了房间让了床，连句谢谢的话都落不着。柳妙妙无奈地笑了，陶静怡这是在跟她打太极呢。她心眼儿多了些，心眼儿多也就多吧，别总拿别人当傻瓜！这世上，聪明的人不多，傻瓜也很少，倒是这种悬浮在聪明与傻瓜之间的多到极数，这极数之间的比拼很多时候就难见高下了，若有占据下风的，也许只是输在仁与义上吧。

柳妙妙不忍戳穿陶静怡，可是她得解决问题，一套小小的出租房，就算是租住了三家，像她们不出事端，安安静静地各自生活，彼此间再多一份萍水相逢的情谊，日后想起来，或许是一种温暖。但现在像市场一般，人来人往的喧闹，无休止的隐瞒，当这种不适触及各自的生活，那就无法做到不介意了。她的肚子已经能看出端倪了，这让她越发心烦，她加重语气，问得更直接一点："陶姐，那个人到底是不是您的亲戚?"

陶静怡一愣，心虚了："啊，自……然是的!"

"那您应该知道她到底要住多久？您总是住客厅也不合适吧。我不干涉您的生活，怎么做是您的事，但我不希望我和小洋的生活不停地被影响。客厅是公共区域，您要怎么用和我们商量一下也没意见，谁都有困难的时候。可您这亲戚，随随便便带男人进来，还乱闯我的房间，您叫我们怎么忍让?

您要是不好跟亲戚谈，我们可以跟房东老太太说一声，让她来帮这个忙。您看怎么样？”

陶静怡这才明白让人识破了，再瞒着装憨就不好了。她心下讪然，以为可以坚持到周大齐从剧组回来，还剩一个多礼拜，等周大齐回来，她要把房间收拾出来。起先，她并不知道来租她房间的女人是干什么的，她只是有次在公共汽车站的站牌下面看一个租房广告，那种上面打印着房屋信息，下面打着几溜电话号码的小白纸条。她看的不很细致，纯粹是等车间隙无所事事的下意识。那个女人就站在她旁边，见她如此专注，上来轻轻地碰了碰她。她竟然吓了一跳，第一反应是迅速往旁边闪。女人有些吃惊她的过度反应，直愣愣地看着她。陶静怡见只是个挎包的女人，并非她意识里的小偷之类，便不好意思地笑笑。女人也笑了，指着租房广告，问道：“姐，您是要租房吗？”陶静怡摇摇头说：“我有房住呢，不用租。”女人显出了失望：“噢，还想你要是租房，就商量一下能不能跟你拼两天呢。”

拼房？陶静怡脑子里迅速闪过与柳妙妙的拼伙来。这拼房，不知是怎么拼的，会不会也有额外的收入？生活把陶静怡逼成了一个体察入微的人，她几乎能从最朴素的事情上看到商机。于是，她很有兴致地与女人讨论起拼房来。女人说，她只是出来游玩，想在北京多住几天，又不想住宾馆，所以才想跟人拼个房，按天数计费，晚上她只要打个地铺就行。

陶静怡的脑子转了几转，不是没警惕心，不过她想自己也实在没什么值钱的东西，骗也无法骗，她唯有一个存折，两张银行卡，这些随身放在包里，屋里除一些零碎，几件旧衣服外，几乎可以用“一贫如洗”这个词。她在心里掂了掂，决定与女人拼这个房。只能说陶静怡艺高人胆大，她连女人什么情况都没搞清楚，只是简单地看了女人的身份证，就应承了下来。互相留了手机号，第二天就把女人领进了门。不管怎么说，陶静怡还算是有职业道德的——如果这算一门职业的话，她把自己移到客厅，房间让给了女人。她不能让女人打地铺啊！再说，她的房间哪有打地铺的地方？好在女人当时说得也清楚，只是住，一天三顿饭都不会在这儿吃。也许是为了显得更贴心一点，女人又补充说，她会尽可能不与她的时间冲突。这样的话并没引起陶静怡的戒备，她一门心思沉浸在一天两百块钱这额外得来的房租喜悦中，不管住几天，这收入是铁定了的。她觉得自己越来越有经济头脑，只是租了一间房，却不经意间变成了房东，这种快乐让她完全忽视了柳妙妙和宋小洋。

女人确实挺让陶静怡放心的，她总是悄没声息，如果不是上卫生间，压根儿不知道这套小三居里面还有另外一个女人。女人搬过来的第三天中午，陶静怡不知道哪根筋抽了，忽然提前回家，于是，她听到了屋里那不小的动静。陶静怡岂能不知道那是什么动静，只是大白天的，不像是酝酿暧昧情愫的时间。她不用细想，就知道是怎么回事了。她在客厅待了一会儿，还是悄悄地退了出去。管她做什么的呢，这个年头，谁做什么都不足为奇，连杀人放火都稀松平常，只要——少不了房钱就好。陶静怡不是个什么事都能想得透，什么人都能瞧得上的人，但利益攸关时，她还是能转过这个弯来的，这世上已经没有什么可以阻止她对挣钱的热情了。

住了六天，女人离开了。她给陶静怡房钱时，有些羞赧地笑笑，垂着目光轻轻地说，谢谢你！陶静怡也心照不宣地笑了。她很受用这个“谢”字，里面包含的内容确实很丰富。女人有自己的职业，她这几天，只不过是借着几天的假期，捞些外快而已，又不能抛头露面，怕是撞了熟人，毕竟只是副业。去开钟点房吧，又不放心。还是这种民用房好，干净又安全，费用也不高，很合她的心意。

不过，这种几天的短租房总不容易遇上，陌路相逢，谁不害怕遇上骗子什么的，哪里会轻易答应跟人“拼”租房？女人倒是运气好，直接问到了陶静怡，没承想就成了。

可能是陶静怡这种见怪不怪的淡定让女人生出了好感，离开后不久，她即给陶静怡发短信说，她一个朋友也想在她那里暂租几天。这次，她说的不再是“拼房”，而确切地用一个“租”。陶静怡毫不含糊地答应了，房间给谁住不是一个住啊，她还可以继续睡客厅，在周大齐回来之前，她只要有个睡觉的地方就行。她也没问人家过多的问题，特殊行业，她问得多，人家未必会告诉你！

也是该着出事，第二个女人晚上先是被宋小洋撞见，发现不是第一次遇见的那个女人，接着又被柳妙妙看到带着男人进来，这下怕是瞒不住了。她俩的怀疑她不是没看出来，但她的信条就是，你不说穿，我就装憨！能装多久装多久。柳妙妙可没宋小洋那么好说话，她虽然话不重，可咄咄逼人呢，那意思还不就是让她把人赶走！事已至此，陶静怡只能见好就收了，她答应回去跟“亲戚”谈，让她尽快搬走。“我其实也烦着呢，这种不远不近的亲戚，我容留了这些天，也算是仁至义尽了。你们也瞧到了，我这么真心待她，她连招呼都懒得跟我打，好像该我这么掏心掏肺地对待人家。妙妙妹妹你放心吧，我不会心软的，明天就叫她离开！”陶静怡也只能先稳住柳妙妙，这个北京丫头，可是伶牙俐齿，完全不像宋小洋的温温暾暾。

柳妙妙听陶静怡这么说，也不再多说，她的目的只是保持这套出租屋的纯洁性，既然陶静怡答应让这个女人离开，她算达到目的了。

柳妙妙给陶静怡打过电话后，拾掇拾掇回家了。她在导师的陪同下，去医院做流产手术了。导师给她请好了假，手术后她就回家跟爸爸妈妈待些日子，能不能让情绪慢慢平复，她不知道，至少，养养身子总是可以的。当然，她不会告诉爸妈真相。真相才是真实的残酷，它会把父母伤得体无完肤。

事情没陶静怡想象的那么难搞，她回到家时，柳妙妙已经离开，那个租用她房间的女人也不在，屋里空荡荡的，这样的静寂让陶静怡一瞬间有些莫名的慌乱，她看到的不是平静，而是激战之后战场的空旷和纷乱。她房间的门半合着，里面整洁如常。陶静怡看得明白，这份整洁中分明有着对一切痕迹的掩盖，好像一个初上舞台的人被无数双眼睛关注着，无论她怎样掩饰，那种惊慌都会被放大到无数倍。陶静怡心忽地跳起来，她意识到第二个女人已经离开了——没有与她做最后的结算。这才是她最忧心的。陶静怡翻出第二个女人的电话，果然，手机里传出的是电脑录音：对不起，您拨打的电话已关机，请稍后再拨！

稍后再拨！陶静怡又气又恼，她找出第一个女人的电话，结果也是无法接通，她这才反应过来，这些女人连地方都是临时找的，电话卡也备了不少，恨不得见过一面之后从此不再相遇，怎么可能轻易让她给找到？她不在意女人的离开，她只关注与她有关的东西，她又不是做慈善的，辛苦睡沙发，受人抢白，是为了什么？她一屁股坐到床上，心里一酸，眼泪哗啦啦涌了出来。此时，钱或者已变得不是最重要的，而是女人的不告而别使她意识到自己的失败，生活如此不易，任她狂打猛拼，她依然离她想要的生活那么遥远，她甚至已经怀念起小城的日子，有风有雨，却也有温暖和明媚。陶静怡心里瞬间涌起无尽的心酸和苦楚，她恨周大齐，若不是他太不经事，空有一身才艺，在北京竟然连个稳定的职业都谋不上，今天有明天无的，让她一个女人咬牙上阵，把眼睛瞪得大大的，不放过挣每一分钱的机会，怎么也不至于想方设法来挣这个钱，弄到现在人都跑了。陶静怡从来不是脆弱的人，她能撑得起周大齐的天，还能撑不住自己？但这一刻，她无法控制地流露出软弱来。软弱每个人都有，只不过有些人把软弱当成标签，时时处处皆贴在外面，有人则把软弱深埋起来，如千年矿藏一样秘不示人。陶静怡亦如此，只有在空无一人的时候，在某个契机之下，她的软弱才那么清晰，根根脉络毕现，像刺，根根狰狞着扎进她的心里。

不知道在房间里待了多久，陶静怡从悲伤中抬起头，发现天色早已暗了，平常这个时候，她已经欢实地在厨房忙碌开了。柳妙妙说她回家去了，大概以后，她再不需要跟她拼伙了吧。陶静怡咬咬牙，起身打开灯，把枕巾枕套取下，又一把撩开床单，卷成一团扔到地上，然后打开门，用脚把卷成团的床单枕巾踢出屋，她要把屋子重新归置一下，在周大齐回来之前，她不能让这里残留一丝不堪的痕迹。

陶静怡的房门忽然打开，一团东西从里面飞了出来。把刚进门的宋小洋吓了一跳，她赶紧打开客厅的灯。陶静怡从屋里出来，看到是宋小洋，微微笑了笑，继续用脚踢着床单。宋小洋见陶静怡神情如此索然，反而有些愣怔，她不太习惯这样的陶静怡，像腌过的咸菜，浑身散发着一种软蔫的气息。陶静怡从她身边过去时，连头都不肯抬起来，走过去的背影都透着无力。宋小洋忍不住心生同情，平时那个凡事都要占三分理的陶静怡，倒像是一株葱绿的植物，蓬勃而有生气，虽然时常让人不快，但她那昂扬向上的劲头，却比现在这个样子要可爱真切得多。

柳妙妙在电话里跟宋小洋把情况大概说了一下，因为她俩之前对住进来的女人有过怀疑，现在就不觉得奇怪了。其实，陶静怡不过心思多一些，并非那种奸佞之人，亦无害人之心，几人相处一室，能迁就就迁就，能退让就退让，没什么大不了的。可是，腾出房间来让别人来做那种事，怎么想都挺恶心的。宋小洋庆幸这种事让柳妙妙遇见了，若是她，还真不知如何跟陶静怡谈呢。

见陶静怡忙碌着也不怎么搭理自己，宋小洋在客厅站着有些不自在，正要回自己的房间，刚打开门，陶静怡却张着沾满洗衣粉泡沫的手，站在卫生间门口对她说："小洋妹妹，我已让那个亲戚离开了噢！瞧这麻烦的，我都不知道她在北京还有男朋友，你说这拐弯抹角的亲戚吧，不知根知底儿还真不行，居然把男朋友带了过来，她都不想这事儿合适嘛！多亏了妙妙的提醒，要不然我还傻乎乎地一直让她睡我房间呢。以后我再也不用睡沙发了，扰了你们好些天，以后你们就舒服了！"

宋小洋正要回应一声，却听得陶静怡后面的话里有点不是味儿，什么“以后你们就舒服了”，倒像是她和柳妙妙逼迫她什么似的。宋小洋笑笑，说：“陶姐，是您不用睡沙发那么辛苦了，可以踏踏实实地睡床。周大哥也快回来了，你们俩的幸福之旅要开始了。”

陶静怡漫不经心地说：“哎，老夫老妻的，感觉都平淡了……”话没说完，已闪进了卫生间。

宋小洋愣了愣，这似乎不像是陶静怡，往日说起周大齐来，她总是一脸抑制不住的赏心悦目，好像满世界只有周大齐这么一个人，她的世界才明朗了一大半。而现在，她却一反常态地冷淡起来。宋小洋纳闷儿，难道陶静怡把房间让给别人是有苦衷？但她想不透，以陶静怡的为人，除了与钱有关，她还能有什么不可言说的理由。

五

冬天的来临有些突兀，明明前几天还穿着薄衫儿，天空却倏忽飘落下零星的雪花。雪落得稀疏，却极具耐性，许是算定了这个城市里蝼蚁一样密集的人对它的不屑与无视，它便执着地一直飘一直飘。终于，偌大的城市错落有致地覆盖上了一层或浅或深的白色。这使平日里充满喧嚣与拥挤的北京城变得妖娆起来，也安宁下来。冬天，就这么貌似冷艳地开始了。

周大齐回来了。然而，人回来了，情绪却并不高涨，根本不像陶静怡想象的那样，回到家，他倒头闷睡，根本未曾顾及这房间里有过什么变化。

陶静怡以为周大齐回来会带给她新奇感，他要跟她说这几个月发生的很多事，跟她说剧组对他才华的欣赏，还有，他这一段时间的薪酬交给她的时候，他的表情是一如既往的羞赧，还是自此要平步青云的得意？没料到的是，周大齐这次从一回来，并未如她所愿满面春风，他的疲惫他的落魄，让他看上去更像是从一部惊悚片里刚走出来，这叫她不免心怀惴惴。

好不容易等到周大齐从沉睡中醒来，陶静怡还未及问话，周大齐却说道："静怡，咱们回去吧！回咱们的小城过小日子！"

周大齐语调平静，声音清朗，一点都没刚从沉睡中醒来的模糊昏沉样子。不用看他那不知落在何处的迷蒙眼神，仅凭这声音，陶静怡就知道，周大齐的这个想法并非一梦之后的烦躁或是冲动，他在心里不知道转了多少弯绕了多少水呢。他这个时候如此郑重其事地跟她说这句话，一定是下定了决心的。

“为什么要回去？回去干什么？”陶静怡显得很冷静，面对自己的男人，她第一次失去了愧疚之意。也或者，让她终于意识到自己是个女人，需要袒护与呵护。

“不为什么，就是不想在北京待了。这地方水太深，我怕最后会淹死在这个陌生的地方。”周大齐没有躲闪陶静怡的眼神。

“要回，你自己回好了。我不回去，那个地方没有我的容身之处。我就待在北京，哪里都不去，哪怕穷死在这里也好过闷死在那个地方。”陶静怡眼神是决绝的，态度不容置疑。

周大齐的眼神慢慢地软了，本来想将这段时间跟着剧组却没拿到酬金的事对她说清的，突然间觉得没这个必要了。他不想再为钱的事跟陶静怡吵架了，不是一次两次，而是N次，他赢不了，反而会增加伤痛。算了，他选择了退步，收拾自己的东西，回老家。陶静怡连拦一下的意思都没有，周大齐的心里凉透了。

第一场雪落之后，柳妙妙拿到了导师承诺她的奖学金。这是一笔数额不小的奖学金，对柳妙妙来说，也算一场凌空飘落的惊喜。她不是对钱有绝对概念的人，不然在面对导师的时候她不能那么轻闲无度的样子，是陶静怡的灌输或者说陶静怡对利益既得的莫大追逐，使她对金钱有了萌芽的意识，然后慢慢成长。所以才会在导师给她所谓的“营养费”时，她能漠然地接纳，而拿到这笔额外的奖学金之后，她才真正在欢愉中体会到了金钱带来的快感，也终于明白为何陶静怡会对钱有着莫大的兴趣。无论何人何种原因，终归都是凡人，超凡脱俗需要勇气。何况金钱在更多的时候确实有着非凡的能力，如同一道耀眼的光芒，可以使暗淡的人生变得绚丽与华美。

在父母的敦促下，柳妙妙准备退出租房，重新搬回家去住，为了她，久已失去的和睦与温暖再次回到父母身上，家如同寒冬过后的春天，每一丝风都饱含着暖暖的湿意，滋润着她的心，她的感觉。柳妙妙无比眷恋这种温暖的气息，加上导师一直要她做好留学的相关准备，以免留学的通知书下来后她手忙脚乱，一旦出国的事定下来，她与父母相处的时间不再多了，她要在这段时间里做个乖乖女好好陪陪他们。

但在房子退租的时候遇到了麻烦。

柳妙妙给房东老太太打电话时，接电话的却是一个年轻女人的声音。年轻女人说她是房东老太太的侄女，老太太病了，出租房的事儿都交由她来打理。听完柳妙妙要提前退租，年轻女人毫不含糊地说了一句，提前退租可以，但已经交付的房租可是不能退的，就是押金也只退一半。

柳妙妙一听就生气了："为什么不能退？当初和房东签合同时写得明明白白，提前退房将退还全部押金。"

"那是我姑姑年纪大，没把这些东西当一回事。您去外面打听打听，哪有退还全部押金的道理？"

"有没有道理您比我清楚，咱们只按协议来，其他的规矩您以后跟别人去说吧。"柳妙妙的倔劲上来，跟房东老太太的侄女杠起来。

"您这样做很不地道，要退房怎么也得提前说呀，这错过好几个房客呢，您说这个损失怎么办？您可以不在乎这几个钱，我姑姑可全靠这个钱养活自个儿呢。您就不能扪着良心替这个老人考虑考虑？"

柳妙妙心里明白，每逢年底，大多北漂都要回老家，这时候租房子的人并不多，房东侄女这样说，不过是不高兴她退房，一时半会儿没有房客，对她来说是损失。这个明显的瞎话，柳妙妙并不揭穿，她想当时租下这间房时，价钱确实比她看的几家要便宜些，就是平时，房东也只是偶尔来一下，她说要来得勤了，会影响她们的生活。这实在是个温和、宽容的老太太房东。有一次，她与宋小洋谈起时，宋小洋也说房东一点不像她印象中那种精明过头的北京老太太，她对漂在京城的外地人有一种本能的怜悯之心，一点都不骄横，不自恃，与这个年轻女人的蛮不讲理有着天壤之别。这么一想，柳妙妙反而平静下来，看在生病的房东老太太的分上，她不再与年轻女人争执。她退一步说道："好吧，现在是十一月，我就再延一个月，十二月底退房，这样房租就不用退了，这一个多月的时间你再寻其他人租吧。但是，押金一定要全退的！你就是说破天也没道理。"

房东手里的押金其实也不多，按照押一付三的合同条款多支付了一个月的押金，当时房东老太太还乐呵呵地说，要不是业内的规矩，这一个月的押金她也是不想收的。反正迟早是要退，房租都是提前一个月收，这押金实在也保证不了什么。柳妙妙并非房东侄女说的完全不在乎，真要不在乎的话，她尽可以连招呼也不用打，只管搬走自己的东西便成。但也不完全是舍不得这个钱，只是认为凡事总该有个规矩，不能完全任人宰割，倘若她这个北京女孩都该如此，那宋小洋和陶静怡这样的北漂岂不是受尽欺负?

“这可不能，押金的一半必须扣下，我看过你们的协议，协议也是受法律保护的。协议上说搬走得提前两月打招呼，你这才提前一个月，自然是你违约，这一半押金就当是你的违约金吧。”房东侄女咄咄逼人。

“休想!”柳妙妙的火腾地蹿上来，这个无理的女人把她当成什么了?还拿协议来要挟，柳妙妙可以不要这个钱，但忍不下这口气。她高声叫道，“如果您真的懂法律，那我就告诉您，协议上没有违约金一说，只是有提前两个月打招呼。我已经让步了剩下的房租，您若要强行扣我押金的话，才是违法，并且是不道德的。”

房东侄女“哼”了一声:“您甭给我叫嚷，我姑姑就是心太善，才让您这般蒙蔽。什么道德?她这么便宜收您的房租才叫道德?您心安理得地享用她的资源才叫道德?告诉您，我既然来帮姑姑，就不会由着您想怎么闹就怎么闹。这押金我就是要扣下一半，您到哪儿说去，我也要扣!您租房子的还横个啥呀，有钱才横，没钱您横得起来吗?跟我吵吵，您够格吗?”

这下，把柳妙妙气坏了，差点儿粗口都要爆出来，她咬咬牙还是强忍住压下怒火。房东的侄女刻意要扣下一半押金，这样跟她吵下去也解决不了问题，只能让自己更气愤。她气馁地想不如算了，争这几个钱也没意思，这就是个认钱不认人的世界，也是个认钱不认人的地方，有钱才是爷。这押金，就当是给仁善的房东老太太买药吧。

最后，柳妙妙缓和态度，与房东的侄女商量，押金她全不要了，房子算她延租到明年的元月，两个月后，她再搬出去。一听这个方案，房东侄女也没什么可说的，押金转换为房租，等于是提前两个月招呼过了，算是皆大欢喜。

柳妙妙却不需要在出租屋里再住两个月，她之所以将押金续成房租，是有她自己的想法。

柳妙妙跟陶静怡和宋小洋两人说起房租的事来，她们都很气愤，觉得房东的侄女做得太过分，这不明摆着欺负人嘛，这个亏不能吃。尤其是陶静怡，这个时候对钱的概念更是敏感，她和周大齐连吃了好几次钱的亏，这会儿虽然亏的不是她，可她心里的那份难受劲却如同自己再度吃亏一样。她言辞有些激烈："这不明摆着抢嘛，不行，咱不能给她这个机会。她们地主一样坐收房租，轻松自在，却还要来嚼我们房客的肉，喝我们的血，还有没有天理？咱们仨人一块儿去找房东理论，我就不信，她能横吃海喝了我们。"

柳妙妙说这肯定不是房东老太太的意思，何况每次也都是咱们把租金提前打进人家的卡中，咱上哪去找人家啊？

陶静怡一想也是，重又坐下。见陶静怡这般愤慨，柳妙妙还是挺感动的，这让她对自己的想法越发坚定。她对陶静怡说："陶姐，您别生气了，其实按协议，我确实也应该提前告知人家，是我之前没这个准备，这才有点匆忙。我倒有个想法，您看行不行，现在天气这么冷，暖气又不太好，您住在北边太冷，又见不着阳光，干脆搬到我这间屋里来住够两个月，这边好坏能晒上阳光。"

宋小洋也拍手说："我看挺好，反正妙妙也拿不回去这两个月的房租，倒不如陶姐住着，冬天有阳光的地方住着总是舒坦些。"

陶静怡没料到柳妙妙会有这想法，愣了愣神，说："算了，我一个人，住在北边，就——不搬了吧。反正住哪屋也是一套房里。"

宋小洋惋惜地叫起来："陶姐，您以前不总说我那屋阳台上的阳光有多好，怎么现在有阳光的房间让您住，反倒不想住呢？"

柳妙妙何等聪明，岂能猜不透陶静怡的顾虑，便揽住她的肩说："陶姐，您就住了吧。小洋说的对，这两个月的房钱是收不回了，我又不回来住，房子空着不还是个空啊？反正这两个月房子也不会租出去。咱们在一起时间这么长，您也帮过我不少，让我省了好多事儿，不说共患难吧，却有姐妹情，您难道还怕妹妹问您要房租不成？”

宋小洋一听这话，才觉出自己的愚钝，她有些不好意思，自己光顾掇弄，却忽略了陶静怡的想法。

话说到这份上，陶静怡还有啥犹豫的，她本来就是担心柳妙妙会收些费用的，换了她，损失这么多，一定要找些补偿的。没了顾虑，她答应下来。柳妙妙当即给房东打电话，还是房东的侄女接的电话。她在电话里说，这两个月里她还是要住的，如果她找着房客，也只能等她房约到期后的下月开始。房东侄女很不高兴，嫌她事儿多，但既然说好押金延着租金，她也没什么理由提前租给其他房客，勉强答应了。

搬家那天，宋小洋和陶静怡过来帮她收拾东西。其实也没什么可收拾的，书，简单的衣物，一些零零碎碎。出来租房子时，本没打算长住在外，只是躲个清净，况且一个人在外短暂的生活，也无须购置什么东西，所以，两个不大的箱子就把柳妙妙所有家当装完了。收拾妥当，三人等车时坐在一起聊天。柳妙妙不知道，她离开后，日后她们是否还会相遇。大半年的相处，她们伴她走过她人生中最为黑暗、彷徨与无助的日子，她的内心对于这种离别还是有些伤感的。她们三人不是电视剧里萍水相逢却彼此相依的传说，也没有因为一些小摩擦而互相诋毁、倾轧的交恶，她们都是平凡世界里的平凡人，能在离开的时候没有芥蒂、彼此笑笑地抽身而过，已经是人间之美好了。

送走柳妙妙，陶静怡高高兴兴地把柳妙妙的房间又收拾了一遍，把自己的被褥搬了过去。这两个月，她就住在这间有阳光的屋子了。还别说，有阳光的房间就是比朝北的房间暖和，住着舒服。不说别的，只说阳光透射进来的时候，一屋子阳光的和煦温暖，那感觉，全身每一个细胞都舒展开、蓬松着，连呼吸里都是清爽的味道。陶静怡把这种感觉说给宋小洋，一脸的感慨。宋小洋当然能体会到她的心情，这与她当初从不见天日、阴潮的地下室搬出来，心境是一样的。她索性劝陶静怡干脆退掉原来朝北的那间，转租这间得了。

一听到转租这间房，陶静怡又有些为难了，这意味着她每月要多支付四五百块钱。在心里权衡了一下，还是坚决地摇了摇头，若是周大齐还在的话，她或许就动心了，现在只她一个人，还是算了。

“一个人拥有这满屋阳光，会不会是浪费呢。”陶静怡像是推却，又像是不舍地自言自语道。

宋小洋听着，先是“扑哧”笑了，想不到陶静怡这个粗拉拉的人，还能说出这种惆怅却又如此精致的话来，但随即，她的心又酸起来，这就是她们这群无根的北漂族悲哀的地方，时刻不敢忘记生活的刻薄与艰辛，把自己的生活质量放置在最卑微的地位，努力拼打，却依然够不着这个城市繁华的衣角。

年底了，北京又下了一场雪，纷纷扬扬，很快把裸露的地面盖严实了。如果马路上少些奔忙的汽车，雪中的北京还真是一座美丽非凡的都市。可惜，不管雪有多纷扬，只要有车经过，洁净的雪立马变得不再洁净，不到一个上午，树梢上、路边的草地上，没有被碾轧的雪，已落了一层灰，灰色的雪，实在谈不上美感。但雪的气氛还是营造出来了，空气骤然变得清冷，深吸口气，充斥肺腔的，不再是混浊滞重的空气，而是被雪净化过滤后的气息，很清爽。马路上的雪化了，又凝成冰，在车轮下被碾成冰碴，路面变得很光滑。电视上报道，这场雪对北京来说是个奇迹，好多年没下这么大，天气也没这么寒冷了。

下雪天没太阳，可陶静怡还是感受到向阳屋子的好处，光线充足，尽管太阳的光芒因气候不能灿烂地射进来，可向阳的感觉就跟处在冬日的太阳里一样，温暖而踏实。自从周大齐回小城后，陶静怡的心很少踏实下来，她认定周大齐这一离开，不会再回来了。周大齐不回来，而她又不肯回去，彼此的不肯将就，他们的婚姻，还靠什么来维系？在他们争吵最激烈的时候，她的“离婚”二字一说出口，周大齐的世界便安静了。无论她对周大齐有多么不满，如何埋怨，甚至在宋小洋面前说些决然的话，她也未曾想过她的世界真的会没有周大齐。在她的感觉里，周大齐像标签一样，紧紧地贴在她的生活里，是撕扯不掉的。周大齐逃回小城，把她一人扔在这里，名义上是给彼此一些时间和空间，但她知道，有些路一旦走出就再也回不了头。周大齐回到小城后，也给她打过电话，说去看了她父母，老了很多，身体状况也不是很好。没说他的情况，却问及了她的状况，她只淡淡地说还好，老样子，他便再无话，好像完成了一个传声筒的功能，传几句话便完成任务了。后来他还发过几次短信，先是说帮朋友录制节目，后来说又回小城的电视台了。陶静怡一条短信也没回，周大齐的短信像坐公共汽车时售票员报站一样，这站到哪儿了，下站又是哪儿，少了情感，更无从看出对她的关怀。从这几条短信里，陶静怡清晰地听到了周大齐这张标签，在渐渐剥离她身体时发出的沉闷暗哑的声音。小城，那个地方只是周大齐的，而北京只是陶静怡的。想到曾经他们憧憬过在北京拥有一套房子，不要多大，只需放得下他俩就够了。仔细想想，这样的憧憬对他们夫妻来说真是不多啊，他们到北京后，除了埋头挣钱，就很少推心置腹地交流过。这让陶静怡此刻回想起来泪流满面，她与周大齐，原来不是志同道合，而只是偶然间相遇，彼此招呼一声结个伴，一路无语走过，到某个路口，又各自前行罢了。与其这样，还不如去除羁绊，各行各的好了。

陶静怡很快擦干眼泪，一个人前行的日子，清冷是清冷，可是总不至于心烦，于她，心烦永远比清冷更可怕。

六

只剩下两个人的出租屋里变得很寂静，这种寂静不是悄无声息，而像偌大的瓶子里缺了水的那种空荡。原来陶静怡和柳妙妙、宋小洋话虽不多，却总还是有，叽叽呱呱说些天南地北的话，再加上周大齐，少有声音，但一个实实在在的人在那里，也能把屋子塞得热气腾腾。现在，只剩下陶静怡和宋小洋俩人。自从周大齐愤然离开后，陶静怡很少高声大气地与宋小洋聊天，婚姻的危机似乎让她过去的那种精气神也寻迹而去。

不过，陶静怡注定不是一个习惯孤独、安享寂寞的人，她的静只是应时，耐不了长久。

果然，没多久，陶静怡的生活开始碧波荡漾了。

那时，北京城正好又下了一场不大不小的雪，路上湿滑。陶静怡穿的鞋有些旧，底子磨得棱印浅了，走路不得不小心。但在过路口时，只顾着小心路，却没注意红绿灯的变化。行至路中央时，一辆车过来，陶静怡欲退未退，欲进又未进，脚下滑了一下，正好滑倒在车的跟前。好在车速不快，雪天路滑，司机都知道慢行，车一刹，方向略往边打，正好停在陶静怡的旁边，后视镜很不着眼地碰着陶静怡的胳膊。陶静怡本已惊慌，车镜一碰，更是受惊不小，虽然没大碍，但她本能地惊叫了一声，随即想都没想，踉跄地冲到车前方，怕司机一脚油门离开。

车看上去也没有要离开的意思，车门打开，司机下来了。

本来，陶静怡有错，她不顾忌红灯已亮，强过马路，就算车行驶过来，她若停下不动，也能避得过，雪天路面湿滑，车速也不快，偏偏她犹豫在过与不过之间，影响了司机的判断。陶静怡哪里会想这谁是谁非的问题，人与车相比，自然她是弱势，受了惊吓，还被碰到身体，她岂能善罢甘休。

司机是个中年人，秃了头顶，面善，态度也好，他请陶静怡上车细谈，说十字路口没法说对错，身边又都是车，他们这样堵在路口影响交通。陶静怡迟疑了一下，想在光天化日下，他也不能把她怎样，就跟着上车了。司机告诉她，他姓高，叫他高垒好了。两人在车上没争论谁是谁非，倒聊起北京的天气、人流与物价。这一聊，挺对眼的，当即，高垒要请陶静怡吃饭。陶静怡没推辞，两人直奔附近的饭馆而去。

吃罢饭，高垒送陶静怡回住处，在楼下两人又聊了一会儿。陶静怡一直在想要不要请高垒上去坐坐，她也清楚这一邀请就有了别样意味。高垒大概也看出陶静怡心里的挣扎，主动结束了聊天，然后两人相互留下电话，高垒告别而去。看着高垒的车消失在雪后的雾霭之中，陶静怡若有所失，她想自己是不是有些落后守旧了？不过高垒的离开让她看出他还是个挺规矩的男人，虽然让她有失落感，但没有让她有屈辱感。好在，有彼此的联系方式，这样，陶静怡觉得她和高垒还是有后续之缘的。

没多久，高垒就给陶静怡打来电话，先是问了她上次的事身体有无不适。这是铺垫，然后约了吃饭，吃过饭又去酒吧。喝过几杯酒，一切就水到渠成，不但送陶静怡上楼进屋，晚上还留下没走。

向阳的屋子就是舒爽，连暖气都热得如同春季。

宋小洋还是知道了高垒留宿陶静怡的住处。对于高垒的出现，宋小洋没有惊讶，每个人都有自己生活的方式，她不见得能接受陶静怡的做法，但她理解。自周大齐走后，陶静怡沉默了许多，每天晚上早早把自己关进屋子，有一次经过她的门口，门没关紧，看到陶静怡仰躺在床上发呆。这发呆的陶静怡，哪里像以前的那个陶静怡！宋小洋也不知道怎么安慰她，只有更加勤快地收拾客厅和厨房的卫生。

看来，生活真的是需要起伏，人需要调剂。自从高垒出现后，陶静怡重新变回原来的她，又开始大大咧咧起来。高垒的模样比起周大齐来，自然差了许多，还比周大齐大出一段年龄，可陶静怡说，模样又不能当饭吃，她不再需要华丽的模样，只要实实在在的东西，这些是周大齐给不了她的。

宋小洋起初并不太明白陶静怡所说的，周大齐给不了她的东西到底是什么，可很快就弄明白了。

有一天，陶静怡掩饰不住自己的兴奋，非要带宋小洋一起去赴高垒的饭局，还说要她零距离感受一下高垒的魅力。宋小洋不肯去，这个灯泡可做不得，况且下午她要跟辅导班上课，她不能为了这顿饭误了课。陶静怡只道宋小洋是不好意思，她兴致上来，不顾宋小洋，已拨通高垒的电话，叫他直接邀请宋小洋。高垒在电话里保证道，只简单吃个饭，不会耽误她下午的课。宋小洋不好再推辞，便跟着陶静怡坐公交车去亚运村那边。

临出门时，陶静怡突然想起什么，把手机丢回屋里。宋小洋看着奇怪，问她为什么不带手机，到时万一找不到得跟高垒联系呢。陶静怡诡秘地一笑，说那地方我跟高垒去过，能找到，不带手机有我的考虑，到时你就知道了。

等她们坐着公交车晃荡了近一个小时，到亚运村附近的一家烤鸭店时，高垒已等在门外，一见面就问陶静怡怎么不接电话，他以为她们有什么事，还担心她们不来了呢。

陶静怡一摸口袋，看了宋小洋一眼，忽然惊叫道：“呀，我的手机呢?”然后，手忙脚乱地每个口袋摸遍，好像手机不是个有重量有体积的东西，而是几粒可以藏在口袋里的瓜子，细微到可以用放大镜来找寻。

高垒埋怨道：“看看，我说开车去接吧，你不让，肯定在公共汽车上被偷了。这下，知道北京小偷的厉害了吧。”

“这可怎么办？”陶静怡焦急得直搓手，“这可是我唯一的联系方式，别人要是找不到我怎么办？”

高垒看着陶静怡一脸急躁的样子，掏出自己的手机。宋小洋在辅导班见过学生各式各样的手机，她知道这是红翻整个中国的苹果机，是当时最新版的苹果6。高垒掀开手机卡槽，取出SIM卡，把手机递给陶静怡说：“给，明天去移动公司把你原来的号码申请回来，再让人帮你把卡剪一下就行了。”

陶静怡认得这款手机，有些犹豫：“不好吧，这手机挺贵的……”

“再贵也落伍了，7s都出来了。这个你先用着，我那刚好还有朋友送的步步高手机，我就当换新的了。”

宋小洋有些发愣，她没想到陶静怡不带手机是为这个。陶静怡又看了眼宋小洋，迟迟疑疑地接过手机，她大概也没想到高垒会直接送他自己的手机。

吃完饭，高垒怕耽误宋小洋跟班上课，先送了宋小洋，再送陶静怡回去。路上，宋小洋一言不发，在高垒面前能说什么？陶静怡会算计她是领教过的，这样直接的方式还是让她无法接受，若她预先什么都不知道，心里或许还好受些，就像让她直面一堆腐烂的东西，虽然再怎样的腐烂也与她无关，心里还是忍不住会翻腾。

陶静怡看出了宋小洋的不快，等宋小洋跟班上完课回来，她竟一直未关门，显然等着宋小洋。宋小洋淡淡招呼一声，兀自忙自己的。陶静怡一点都不介意宋小洋的忙乎，在身后跟进跟出解释这事，说她是为考验高垒这个人，你看，他是不是特爽快，连问都不问，对她很信任，是个让人放心的男人？

宋小洋扯了扯嘴角，漫不经心地“唔”了一声，不管怎么说，这是陶静怡和她情人之间的游戏，她对高垒不了解，对陶静怡也并非知根知底。说白了，她像看一场电影，什么样的剧情，什么样的细节，她都无力改变，更无法指手画脚，最多也就是跟着剧情心情波动一下，甚至，连波动都没必要。

这一想，宋小洋释然了，她重新给陶静怡笑了笑，以示对刚才淡漠的歉意。

陶静怡觉出宋小洋的态度，又扯了几句别的，突然请小洋帮她拿主意："小洋妹妹，陶姐现在最体己的人就是你了，咱们是姐妹，我也算是经历过两次失败婚姻的女人，说实话，在北京，我真的漂累了，碰着高垒这样的男人，你说姐该怎么办?"

陶静怡的体己话让宋小洋觉出她的真诚来，不觉心中一暖。对宋小洋来说，她又何尝不是感觉一个累呢。她累，只能煎熬着，她没有家，若要说还有亲人，便是既无血缘之亲又无亲缘之义的婶婶，因而无论风雨剑霜，她只能咬牙在这个城市里继续漂着，把北京当成她未来的土地，她要一点一点地把根扎下。可是北京这块坚实的土地，她柔软的根须哪能容易扎下去。

身如浮萍，哪个北漂者没有一份难以诉说的苦痛，谁心里没隐藏着一份不与人言的脆弱?陶静怡这么要强的人，当她神色戚戚地对她说出一个"累"字的时候，也一定是鼓足了勇气的，这样的信任不能不叫宋小洋心生感动。不过她也知道，陶静怡永远是陶静怡，她绝不是那种需要别人替她拿主意的人，她这会儿只是想有个伴，有个人跟她说话，实际上该有的主意她是不会听别人意见的。于是，宋小洋说："陶姐，我对高垒一点都不了解，也无从了解，连今天这顿饭算起，也才见过两次面，怎么给您出主意呢。我看哪，依您的智慧与见识，高垒什么样的人，您心里早有谱了吧。"

"呵，小洋妹妹你哪样都好，就是太保守，不大像'80后'，倒是'60后'的做派，什么时候都稳稳当当。"陶静怡笑道，"我是这样想的，先和高垒处着，走一步再看了，虽然和高垒发展得快了些，可到现在还不知道他那边是什么情况，我也没好意思问，但看他的派头，肯定比周大齐强。唉，我们做女人的，不就为有个好归宿吗！你看妙妙，莫名地跟了导师，怀孕了居然都不想利用这个事为自己争一个地位来，到头来亏的还不是自己？到底还是年轻，条件好，不拿这些当回事。我可比不得她，人老色衰，还能怎样？遇个合适的可真不容易。你看，高垒的工作挺好，报社记者，开尼桑车，就知道他混得不赖，我都不敢相信这样的男人能落到我手里。"

宋小洋望着沉浸在畅想和幸福之中的陶静怡，着实没什么好说的，她的想法符合她的一贯风格，找个条件好的男人打发日子，这是她现在为自己开的处方，也无可厚非。

“我曾以为周大齐可以让我风光一生，谁知他一点都不经事，处处靠我这个女人。我也不是不想跟他同甘共苦，可若只有苦未见甘，落魄到毫无希望，这日子还怎样往下熬？妹妹，我是女人啊，我难道就不能有一点虚荣？我也傻，怎么就非得在一棵树上吊死？要不是一气解脱，我真不知道自己曾经过的是怎样的水深火热……”陶静怡轻轻叹口气，摇摇头又笑道，“我一个三十多岁的‘北漂’，再没什么奢望了，能逮个像样的男人，叫这一生有个依靠，就知足了。要我说啊，小洋妹妹，你也别奢望什么爱情，趁着还年轻，要能遇到有钱的男人，也甭管他老点、丑点，抓住就别放手。咱们女人，经不起折腾！”

七

两个月后，陶静怡没有搬回朝北的房间，向阳的房间睡了两个月，居然有了不舍。不过她是个理性超过感觉的人，若不是高垒的掇弄，她是不舍得多花几百块钱换到向阳屋子的。高垒果然心思缜密，看出陶静怡既不舍此屋又不愿多掏钱的心理，就说这房租由他来付好了，反正一个月也没多少钱，他多写篇稿子就出来了。这正合陶静怡的意，她跟房东联系换房的事。电话依旧是房东的侄女接的，声气儿没那么好，说换就换吧，再打房租过来的时候记得把差额部分一块儿打来。冰冷的语气让陶静怡气愤不已，宋小洋安慰她说，那本来就是无关的人，她不过代房东老太太暂收房租而已，没必要跟她计较。陶静怡想想也是，就舒坦着心跟高垒汇报去了。

高垒的身影在这年关前，终于如同当初的周大齐，时时在这个出租屋里闪现。自上次吃过饭后，再与宋小洋碰面也不觉尴尬，竟然爽直地与宋小洋打招呼，若是宋小洋手头正忙着什么事，他会非常热心地凑过来，问一声要不要帮忙之类。高垒的豁朗与周大齐的静默、躲闪完全不一样，好像在这屋里，高垒倒像陶静怡名正言顺的丈夫似的。不管怎样，高垒的出现，他的高声大气，让这套清冷的出租房里又多了一丝生气。

有了高垒，之前的陶静怡又回来了，她重新变得喧哗，脸上的落寞一扫而光，浑身散发着幸福感。宋小洋常听到，她在厨房大声呼叫高垒过去端菜的声音，在客厅招呼高垒出来看电视的声音，甚至，在卫生间，也能听到她询问高垒有无换洗衣服的声音。

没有变化的只有宋小洋，依旧安安静静的，没听她大声说过话，没见她张扬地笑过，即使陶静怡找她聊天，也一贯地听得多说得少。陶静怡有回笑她，说要听人讲笑话什么的，可千万别看小洋的脸，因为她的脸上永远风平浪静。

本来，宋小洋与陶静怡交流就不多，有了高垒后，她更少主动说话，倒是陶静怡，沉浸在和以前不一样的生活中，那份欢喜像盛满了的水总是情不自禁地溢出来，还要溢到宋小洋的跟前，有时让她躲都躲不掉。自从有了高垒，陶静怡首先变化的是她的衣着，大方得体，也优雅，明显不是她以前那种随性的风格，再就是她说话有所收敛，不再几句话一说必定要冒出句粗话来，嗓门依旧是高，高归高，却有了嗲音，不是精明能干的女强人形象，而是小女人做派。客厅里展示了差不多一年的简易晾衣架终于寿终正寝——让高垒拆除扔了出去。取而代之的，是高垒购回来的立体升降晾衣架，依旧占据着简易衣架的位置，大气、有型、方便。陶静怡掩饰不住得意之色，对宋小洋说，要晒被子什么的，就抱出来在衣架上晒，结实着呢，承得住！也不怕挡了光线。

宋小洋明白她这不仅是带了炫耀，还为她拒绝在阳台晾晒衣服而耿耿于怀呢。宋小洋随口应答一句，好啊，这么精良的装备，要是每天只是晒晒短裤真可惜了。

宋小洋这么一说，陶静怡不置可否地笑了笑。

这天，陶静怡在客厅晾完衣服，没依照惯例开电视，而是过来敲宋小洋的门。宋小洋这段时间基本上处于封闭状态，晚饭也懒得做，不是从外面带盒炒菜，就是买个烧饼凑合一顿，或者干脆不吃晚饭。

敲开宋小洋的门，陶静怡一反常态地没有直接进屋，而是倚靠在门边，半晌没说话。宋小洋手里拿着书，奇怪地看着陶静怡，心说这是怎么了，竟然如此淑女起来。

两人在门口对视了一阵，宋小洋反应过来，忙把陶静怡往屋里让："陶姐，站门口干吗，进来坐呗。"

陶静怡这才进屋，没等宋小洋让坐，一屁股坐到了床上。"哎呀，还是小洋妹妹有思想，这闷声不响，原来是在勤奋学习呢。到底是年轻，多学习才会有机会，不像我，学什么都不行，连怎么生活都不会了，剩了的只有无聊。"陶静怡的话里竟带着一丝落寞。

"陶姐真会说笑，我这不是被逼的嘛，公司裁员，我差一点都要失业了，想想自己苦守着这份有今天不知是否还有明天的工作，倒不如利用现在的时间温一温以前的专业，万一哪天被炒了，还能去找别的机会。我可不敢跟您比，瞧您，又能干又会干，如今又有了高垒，日子过得风生水起。您那份精彩，可是都看得到的。”宋小洋倒完全没应付陶静怡的意思，她说的是自己的现状，也是她眼里陶静怡的现状。

说完这句话，没见陶静怡接她的话茬儿，宋小洋忽然觉得不对劲，陶静怡脸上的表情没有表现出说到高垒时那止不住的快乐，而是一脸无奈。

宋小洋意识到陶静怡有心思，便问道：“陶姐，您是不是遇到不开心的事了？其实人就是这样，有开心的时候，就有不开心，开心的时候会过去，不开心的时候也会过去，别太在意，想开些，别给自己太大压力，那样容易变老。”

“我哪有心思给自己施压。”陶静怡满脸愁容地说，“我一门心思在高垒身上呢。不知为什么，高垒最近经常出差。”

宋小洋一想，确实好久未看到高垒的身影了，不过她在屋里出没的时间与高垒也不在一个频道上，碰面的机会自然不多。“他不是记者嘛，当然得经常出差了。”宋小洋开玩笑说，“陶姐这是小女人情怀大爆棚啊，就为这点事不开心哪？男人嘛，事业为先，您可不是那种小家子气的女人。”

陶静怡叹口气：“妹妹，我倒希望我这只是小女人情怀。不光为这，我感觉高垒好像没以前那么热情了。他是记者没错，可以前也没见他这么频繁出差呀，最近就不一样了，每逢周末就出差，好不容易在一起一次，他也左顾右盼，没多大耐心，应付差事似的，你没见他好久没在我这住了。”

“陶姐，瞧您多心了不是，当记者的哪能像咱们这种人随便安排自己的时间，那是说走就得走的大忙人，您不要往别处想，自个儿跟自个儿过不去。”

“你别安慰我。”陶静怡神色茫然，“我觉得吧，他好像——在躲着我，你说，是不是他有异心，想甩掉我？”

宋小洋吓了一跳，她倒没往这方面想，毕竟她与高垒没几次接触，又觉得陶静怡的精神状态比以前只有好，没有不如的地方，高垒给她置备家当，又掏房租，还比她大出差不多一轮的年纪，怎么也不该是他有异心。没等宋小洋想好怎么回答，陶静怡又自顾道：“哼，想玩我，玩完就甩掉，可没那么容易！”

宋小洋听出陶静怡这话里的恨意，更不知道怎么劝说，她这个局外人，轻说重说都不妥，最保险的是不说话。

陶静怡停了一会儿，忽然拉住宋小洋的手说：“小洋，陶姐我在北京没亲人也没朋友，我们同住一屋，我把你当成我最亲近的人，我不想把我的软弱与不幸展示给别人看，那没用。可是妹妹，我真的觉得累，我不知道自己这么坚持留在北京到底是对是错，我不知道，这么努力地寻求向上的生活，到底是本能还是虚荣……”

又是这样的推心置腹，陶静怡果然与以前不同了。宋小洋的心被她的话击中，眼里竟泛起泪花。是啊，这蝼蚁一样的人生，辛辛苦苦，却不知道自己这样的坚持到底对与错，值与不值？也或许，无所谓对错，无所谓值与不值，因为生活本身就充满叵测，就是风险。

宋小洋拉着陶静怡的手，她从来没有如此亲近过这个同室相处一年的女人，她与她之间，从来都是有距离的，这距离是时间，也是空间；是态度，更是心灵。

“妹啊，这阵你忙，我没告诉你，还记得前些日子我说身体不舒服吗，那是我打胎了。是高垒的！”

“啊！”宋小洋惊叫道，“陶姐，您……您……”却不知说什么才好。她的震惊好像当初听到柳妙妙怀孕一样，尽管陶静怡经历过婚姻，她的经历复杂而厚实，根本就不是以她浅薄的阅历能解释得清的，但她依然觉得心疼，怀孕是疼，打胎也是疼。对男人而言，让女人怀孕的过程是欢愉的享受，而女人，却只能自始至终地独自承受和背负这种疼痛与不堪。

陶静怡抽出自己的手，说不出过多话的宋小洋却让她心生慰藉，她说："我算是看明白了，他不过是逢场作戏，但我绝不叫他轻易把我甩掉。妹妹，我不想离开高垒！"

"陶姐，您对他的感情真到了这份上了吗？"

"感情？对于我这个年龄的女人来说，感情只是平衡内心的借口，现实才最残酷。我就现实一点说，他是我留在北京的依靠！"陶静怡看着宋小洋，平静地说。

宋小洋忽然间感到沮丧，陶静怡留在北京的心思坚定无比，她之前对周大齐的期待，如今对高垒的希望，像赌博一样，总不知道自己押的赌注到底会不会赢。周大齐叫她彻底失望，而高垒呢，他真的被押中了吗？想想陶静怡对愿望的固守，对生活的不断翻新，而自己的世界依旧空白如旧，宋小洋心里一片茫然。

八

“五一”过后不久，房东老太太的侄女来到出租屋，说要给大家涨房租，她姑姑身体一直不好，就指着这钱来治病，可她把房子以这么低廉的价格租出去，既不符合市场，也太亏了自己。她到三个房间门口转悠了一下，指着宋小洋的屋子对她说，这间房，向阳，又带着阳台，按这个地段的市场价，怎么也得两千往上了，也不多算，就两千吧。一下子给涨了五百。陶静怡的屋也涨了三百块钱。只有那间朝北的房间，涨了两百。这房间前不久被一对母女租了去，是附近学校的高三学生，因为学校离家远，快要高考了，不想再把时间每天浪费在路上，父母就租了这间房，母亲每晚过来陪着。母女俩早出晚归，周末就回了家。

这下，陶静怡等于由原来朝北的房子价格一涨就是五百块，她不乐意了，收入未增加，消费却高出一截来。宋小洋也是一样，虽说她喜欢这间向阳又有阳台的房间，但每月五百元的涨幅让她有些心神不安。她俩一起合计，要重新出去找更合适的房子。陶静怡忽然灵光一闪：“不然，咱俩合租一起行不？既省钱，又方便，彼此还有个照应，我也不会影响你。”

宋小洋想想，目前只能这样将就一下，等找到合适的房子，她再搬出去。

充分考虑各方面条件和两个人的喜好，陶静怡退了房，搬到了宋小洋的屋里。这一次，房东老太太的侄女倒没提出要提前一个月退租的话，这会儿正是房客多的时候，陶静怡前脚搬出，第二天便有人搬了进来，一点都没浪费这房间的使用。

俩人住在一间房一张床上，才觉得不适应。尤其是宋小洋，从上中学开始就再没有与人同床的经历，忽然一下，身边多出个人，这人还喜欢磨牙、打小呼噜，甚至说梦话，她睡觉浅，又不敢辗转反侧，蜷缩在床的一侧，望着窗外被稀释的夜，在无眠的静谧中烦躁焦虑着。

第二天一起床，陶静怡发现宋小洋眼皮泛肿，两眼无神，意识到是自己扰了她的睡眠，便连连给宋小洋道歉。宋小洋也明白这是没办法的事，她们既在一室一床，必得有个磨合期，而在这个磨合期内，她得尽快找到新的住处。鉴于柳妙妙搬离被押两个月房租的教训，她还得在找房子之前两个月告知房东老太太的侄女，然后再在这两个月内搬离。这也就意味着，她俩要在一张床上睡两个月呢。陶静怡无所谓，她睡眠一直很好。对宋小洋来说，她要煎熬漫长的两个月。

宋小洋只是这般想想，就觉得日子难熬了。去培训机构上课时，宋小洋的情绪让一个学生的母亲看在了眼里，得知宋老师是为租房的事发愁，主动提出让宋小洋搬到万泉庄去住，她在那里租住着一套两居室，就母女俩，可以让出那间小点的转给宋小洋。因为是孩子的老师，租金象征性给一千块钱得了。

万泉庄除了稍远点，环境倒不错，单间，租金又这么便宜。宋小洋想都没想，就确定下房子，她想尽早离开，除了与陶静怡同住一屋的不适，还有出租屋新来的住户是个中年男人，大半部分的头发已经没了，每天早上像蹲守似的，一旦宋小洋出来上卫生间，他必定从屋里出来，用那种似笑非笑的眼神盯着她，让她尴尬不已，就是坐到马桶上，也提心吊胆，生怕卫生间的门会被突然撞开。她把这种不好的感觉告诉了陶静怡，陶静怡说她也发现那个秃头男人不地道，也不知道是干什么的，房东的侄女这么不管不顾，原来说过男女不能混住的，可现在只要掏钱，啥人都往这屋里领，可别哪天弄出事儿来。说到这儿，她忽然想到自己也有过那么几天暗度陈仓的把戏，不觉脸一红，赶紧扭过脸。

听到宋小洋这么快就找到了房子，陶静怡挺

伤感的，抱着宋小洋幽幽地说："小洋妹妹这一搬走，陶姐就再没知心姐妹了。以后，我真的只是孤独独的一个人了。"

宋小洋眼圈红了："陶姐，您别这么说，咱俩也没离多远，您要有什么事，一定招呼我一声，我要能帮的一定不遗余力！"

陶静怡笑了起来："就冲这仗义劲，姐姐我也不敢忘了你！"

九

搬到万泉庄还不到一个月，有一天晚上宋小洋突然接到陶静怡的电话，问她第二天能不能抽空陪她上趟医院。"按说不该给你添堵的，但姐实在没有亲近的人。"陶静怡在电话里说。

宋小洋有些担心，问她怎么了？

陶静怡沉默了一下，才说："是……去做人流！"

又是人流！宋小洋几乎脱口而出，这种事难道成了与她同居过的两个女人躲不开的灾难？宋小洋不说话了，这个陶静怡是不是又新处对象了？不管哪种，宋小洋只是心里惶恐，好像不洁的是自己，她无颜面对似的。

“小洋你要是没空就算了，我一个人去吧。”宋小洋的沉默在陶静怡那里被解读成无声的拒绝，她不是个敏感的人，却变得敏感起来。

宋小洋说：“陶姐您说什么呢，我明儿一早就跟老板请假陪您去。您可别一人撑着，咱是女人，别人不心疼，咱自己还不心疼自己？只是这么亏身子的事，您怎么不小心点，这又不是急着要给别人生孩子……”

“我就知道小洋妹妹最贴心了，你不会忍心看着我独自受罪的。”陶静怡像是要安慰一下宋小洋似的，接着又说，“瞧瞧吧，这也证明你陶姐不是年纪大没魅力，要施展出来，照样不缺男人！”

宋小洋心头又酸了一下，陶静怡的强撑让她越发难过。

挂掉电话，宋小洋心里还是沉沉的，第二天早上起来，她感觉头木木的，有点疼，给公司打电话请过假，便匆匆出门，买了两份早餐，赶到原来的住处。

陶静怡这会儿才刚刚起床，没想到宋小洋会来这么早，赶紧洗脸刷牙，吃了宋小洋买来的早餐，这才出门，坐公交车去医院。两人都没什么心情，喜欢说话的陶静怡也不多说，只是握着宋小洋的手一直在微微颤抖，宋小洋不知道她怎么了，结过婚，生过孩子，怎么也算是千山万水看遍的人，怎么就紧张了呢。

等陶静怡从手术室出来，虚弱地坐到医院走廊的椅子上，宋小洋看到她的脸几乎煞白，不知如何是好，拿出纸巾一会儿给她擦擦汗，一会儿轻揉着肩，不知道怎样才能帮她缓过那份难受。陶静怡无力地冲她笑笑，她本来想自嘲一下，以舒缓宋小洋比她还要严重的紧张，但刚完的手术让她连自嘲的力气都消失殆尽，剩下的，只有无尽的疼痛和懊恼。

“王八蛋，就会欺负我……”休息了好一会儿，陶静怡才慢慢有些缓过劲来，在宋小洋的搀扶下，一边龇着牙恨声骂着，一边挪着往外走。

宋小洋不知她口中的“王八蛋”是谁，也不好问，只得小声道：“陶姐，要是个好男人，就好好一起过日子，别再受这份罪了。身体是自己的，您要是自己都不爱护，还指望谁给您爱护？”

陶静怡苦笑了一下：“要真是个好男人，我何至于受这种苦。”

“既然知道，您还跟这种人交往？”宋小洋还单纯，对于男女之事的复杂性她不是太了解，她弄不懂陶静怡的想法，明知道不是好男人，还和这种人搅和在一起，这不是自己跟自己过不去嘛！

宋小洋不知道，她刚搬走，高垒突然间又跟陶静怡联系，陶静怡又接纳了他。此时，陶静怡看了一眼小洋，说：“唉，妹妹你不懂，我是不甘心，才会在那个王八蛋回来找我时又上他的套。你说人呢，还真是贱，明明恨之入骨，心里居然还巴望着……”

这一说，宋小洋这才明白那“王八蛋”是谁了。她没忘记当时陶静怡说起那种屈辱时，那含着泪的坚强，可是……宋小洋不想再多说了，明知是错，却宁愿一错再错，她有什么办法呢！有一句话叫，你永远喊不醒一个装睡的人。现在的陶静怡就是那个装睡的人，她再怎么喊，有什么用？

宋小洋的情绪变化陶静怡看在了眼里，她不解释，最渺茫的希望也还是希望，何况她自知如今就像一只被困在玻璃瓶里的苍蝇，明知毫无出口，但看到外面的世界，仍是急于往外冲突，纵使每一次都会被阻挡回来，且被撞得头破血流。她虚虚地望着前方，那是走廊的尽头，两扇并列的窗，洞开的窗户外，目光所及的几棵银杏树，并不那么苍翠，在暄暄的阳光里，绵绵的风中，懒洋洋地摇曳着，如同此刻她的心境，连愤怒都变得无精打采。

停了许久，宋小洋才从茫然中回过神来，轻叹一声：“陶姐，您说我们真的需要扎根北京吗？北京是我们要停下的地方吗?”

陶静怡有些吃惊:“北京这么大，那么多人可以扎下根来，为什么我们不能?我受这份苦，难道是为了从这里灰溜溜地逃出去?小洋，我跟你不一样，你年轻，年轻就是资本。”

宋小洋低下头说:“去年回家看我婶婶，她老得简直不成样了，她跟我说，让我无论如何都不要回去，也不要再去看她，她觉得我在北京怎样都比回去好。后来，我去看我以前的小学，那里已变成了私立中学，教学质量很好，是县里所有中学里最好的一所。我在那里遇到了我中学时的一位老师，她是主管教育的副校长，问我愿不愿意回去，想好了，跟她联系。我一直在考虑，是不是真的可以回去?这样以后也可以经常去看看婶婶，她没有亲人了，我们成了彼此的唯一。”

“你疯了！回你们那个小地方能有什么前途?你是不是跟周大齐一样中了什么蛊啊?你婶婶不是不希望你回去吗?”

宋小洋无言。

“算了，不说了。走吧，咱们吃饭去，看在我受这罪的分上，今儿个怎么也得你请我吃顿好的补补！”

宋小洋顿时气乐了:“什么歪理，该给您好好补的应是那个‘王八蛋’。”

陶静怡冷笑一声：“哼，现在别提那个王八蛋了，我会去找他要回来的，我就算是婊子他是嫖客，这份嫖资我要让他不能少了我一分钱。”

宋小洋只好再安慰道：“算了，陶姐，都过去的事了，别再纠缠啦，忘掉他吧。总会遇到合适的男人。跟他再不清不楚，将来还不得你受罪。”

“算了？这么便宜他，我还是陶静怡吗！”陶静怡看一眼小洋，说，“放心吧，陶姐不会再犯傻了，我会保护好自己的。”

“再一再二，还能再三再四？”她接着又说道。

“明白就好。再不要把自己不当一回事——您在周大哥那里，可还是个宝呢！”

陶静怡眉头一皱：“你还来刺激我？嫌我的苦受得不够多？”

十

柳妙妙自从搬走后，再没与陶静怡、宋小洋见过面，也没联系过。只是与宋小洋偶尔发发微信而已。

柳妙妙一直在为留学的事做着准备，可当最后的结果出来，却出乎她的意料，被派出国的居然是她的师姐。师姐的出国准备也早已做得足足的，只是柳妙妙一直以为师姐是在为留校而努力，却忘了，出国一年后师姐再返校就摇身变为“海归”了，留校的条件越发苛刻。师姐临走前把宿舍钥匙交给柳妙妙，要柳妙妙帮她看好这个“家”，明年她回来，柳妙妙也毕业了，正好她可以顺理成章地留下这间宿舍。这间宿舍有过她太多的美好，她可不忍将它就这么交出去。再说了，有导师撑在那儿，谁也不会打这间宿舍的主意。柳妙妙恨不能将钥匙砸到师姐那张春风得意的脸上，能看到那张水嫩娇媚的脸渗出一片血色，应该是件非常痛快的事！

柳妙妙却轻轻地接过师姐递来的钥匙，笑道：“师姐，恭喜您，人生之大事皆在掌握之中。”师姐笑笑，没多说一个字。柳妙妙只能“呵呵”，她再不是一年前诸事不明的那个丫头了，岂能不知师姐的靠山是谁！不过，从她搬回家，重新沐浴在家庭的温暖之中，这些事儿，被她看得云淡风轻了，最珍贵的东西，不是眼前的既得利益，而是身边长久陪伴的亲情。

师姐离开后，柳妙妙不想再回到这间宿舍里来，她不会在这间变得清冷的屋子里寻找过往的自己，更没有师姐的那份心境，让这个小小的宿舍变得流光溢彩起来。她是柳妙妙，那个习惯了大大咧咧，爱帮助别人的北京女孩。当她得知宋小洋搬走后，留下可怜的陶静怡还在为涨租金受煎熬，况且，陶姐又做了流产手术，柳妙妙决定，让陶静怡搬到她的宿舍来住。研究生宿舍不像本科生那么正规，有些刚留校的年轻讲师没房住，拖家带口暂时也住在这里。

快放暑假的时候，陶静怡搬进了柳妙妙的那间宿舍。当然是背着学校偷偷搬的。陶静怡的东西极其简单，四季的衣服、被褥、锅碗瓢盆什么的，要不是她不肯，柳妙妙都要给她丢掉，宿舍小，容不得大动干戈地秀厨艺，只能偷偷摸摸地弄些吃的，离宿舍几百米远就是食堂，若不为改善一下伙食，真可以“封”厨了。陶静怡死拽着那些东西不放，她可以不做，但不能不留着工具啊，柳妙妙不是说了吗，最多可以住一年。一年后，她还得借着这些工具来生活。

宋小洋看得有些心酸，她搬过好多次家，知道陶静怡的感受，敝帚自珍，何况陶静怡在北京多年，也并未攒下什么家当，她们三个人，打辆车就把东西搬过去了，除了那个升降晾衣架，陶静怡的东西收拾起来比宋小洋的东西还简单。

中午的时候，把东西搬进屋，门一关，欢天喜地帮陶静怡一块儿归置东西。这样的忙碌，却又无比地温暖。还未整理利落，陶静怡听到不知谁肚子咕咕叫得起劲，惹得三个人同时直起身子。陶静怡说要请大家吃烤鱼，柳妙妙说学校附近正好有家烤鱼馆，很有特色，不过还是她这个“地主”来做东吧，三个人一时间竟抢了起来。宋小洋笑道：“要争，也得先到了饭馆再说，在路上耽误时间，怕是要出人命的，饿死人了。”

刚出楼门，陶静怡的手机响了起来，她挥挥手，让大家安静下来，才接起电话。不一会儿，她的脸色越来越白，接着眼圈红了，眼泪夺眶而出，嘴唇哆哆嗦嗦，一句完整的话也说不出，身子也摇晃起来。柳妙妙和宋小洋赶紧扶住她，问她到底怎么了。

陶静怡的身子颤抖得厉害，说不出一句完整的话来。过了许久，她举着的手机“啪”地掉了。还是那款高垒给她的手机。她要蹲下身子去捡手机，却仰起被泪水浸得不堪的脸，哭道：“周大齐，他肝癌晚期！”

宋小洋和柳妙妙也是泪流满面，抹把泪水把蜷成一团的陶静怡搀起来，给她拍打着背，使她慢慢顺过气来。

陶静怡瘫在她们身上，有气无力地呜咽道：

“周大齐，你个混蛋，你怎么能是肝癌晚期……”

身边来往的人多了起来，吃过午饭和仍在去吃午饭的学生，洪水一般发出各种嘈杂的声音，流过她们的身边。

七月了，开始的正在开始，结束的正在结束……

影子的范围

一

初秋的一个上午，姚燕燕确定她被人跟踪了。

那个灰色的身影，昨天就在她后面像个鬼魅似的忽隐忽现，大白天的，她身上也不过百八十块钱，连遭人抢的机会都很渺茫，她根本没往心里去。今天，姚燕燕才觉得不对劲，在护城河边散步完毕，她故意绕道去了菜市场。姚燕燕一改往日与小贩的讨价还价，心不在焉地买了一把高价青菜，用眼角余光辨认跟踪她的那个灰衣人到底是谁。无奈，那个人停在不远处的豆腐摊前装作买豆腐，身子向一旁侧着，压根儿不叫姚燕燕看清他的脸。姚燕燕心里火起，抓起青菜冲向豆腐摊，想要跟那个人来个面对面，质问一下跟踪她到底要干什么？没想到那人很机敏，倏忽间转身溜得不见了影子。姚燕燕的眼神不大好，在那人闪身的瞬间，并未看清他的面目。姚燕燕这下完全可以确定，那个人是在跟踪她。

他为什么要跟踪她呢？她又不是大富人家，浑身上下一点穿金戴银的迹象都没有，且年近五十，跟貌美如花相去甚远不说，能不倒人胃口就算不错了。可是，姚燕燕的确被人跟踪了。难道是冤家寻仇？她一个孤身带着孩子的女人家，日子过得尴尴尬尬，迎面遇见熟人，都会低下头躲着走，哪有心思跟外人结仇。这跟踪有些不明不白，不清不楚。姚燕燕紧张起来，带着这个疑团跑回家，午饭也不想吃，一头扎进被窝，直接进入午睡。

自从单位内退后，姚燕燕无所事事，刚开始她也像别的好强女人一样出去找工作，可像她这样年龄偏大又一无所长的，除了钟点工，还真没什么合适的事可做。姚燕燕一时还拉不下脸去做钟点工，找了几回，也就死了心，反正这会儿的生活还没困顿到叫她束手无策的地步，每天除看电视剧打发时间外，午睡成了她雷打不动的生活规律。还没听说过午睡失眠的，对姚燕燕来说，这天中午她失眠了。她在床上翻来覆去一个多小时，脑仁都想疼了，也想不出所以然来，干脆爬起来不睡了。

很安静的中午，几声隐约的车鸣从紧闭的窗缝中挤进来，烟雾一般在不大的空间盘旋迂回，烦得姚燕燕竟有撞墙的冲动。她打开电视，除了新闻就是几个自以为幽默的男女主持人在那里嘻嘻哈哈地傻乐外，没什么能看得进去的电视剧。她把电视关了，蹦跳了几下，在寂静中制造出几声沉闷的声音，又去厨房倒了杯水，端着杯子在空荡荡的屋子里走来走去，软塑拖鞋无声地在地板上移动，她忽然觉得自己像个飘荡的鬼魂。这个念头一起，姚燕燕一下子有种恐惧感袭上心头：那个人万一……

冷飕飕的风袭上心头，姚燕燕的手脚瞬间变得冰凉，她不敢再往下想，抄起电话，拨通弟弟姚亮亮的手机。还没把被跟踪的话说完，姚亮亮极不耐烦地打断她说："姐，你闲得无聊是吧，无聊就出去转转啊，一个人憋在家里会得癔症的。你也不想想，人家凭什么要跟踪你，有财啊还是有色？别自我感觉良好了！"姚亮亮是个秘书，专门为领导服务的，姚亮亮为领导服务的意识很强，中午休息时间，领导爱打牌，他就一门心思陪领导打牌，没精力顾及别的，不等姚燕燕解释，就挂断了电话。

姚燕燕握着传出忙音的话筒，两眼发呆。弟弟跟她说话一向随便，她都习惯了，可这会儿他的话像把冰刀，尖锐地扎进她心里，再慢慢洇出寒冷，冻住她的心，还有她的思维。眼泪还是热热地汹涌而出，气势澎湃地淹没了她整张脸。姚燕燕被泪水浸泡得眼前模糊一片，手抖得连话筒也放不正。待心绪略微平稳，她又抄起话筒，想给妹妹姚丽丽打个电话，无奈眼神不济，总是拨错号码，她抹了把泪，叹口气，心说还是算了吧，丽丽有身孕，反应得厉害，情绪很不好，就别给她添堵了，再说，她连亮亮都指望不上，又能指望丽丽什么呢？姚燕燕呆坐了一阵，起身去洗了把脸，擦干水和泪迹，情绪慢慢平静下来，弟弟的话伤人却不无道理，是啊，什么理由，人家跟踪你？

没必要给自己增加心理负担了，可能真的没人跟踪，一切不过凑巧而已，电视剧里都有那么多的巧合，生活中巧合一回不为过。姚燕燕安慰自己。离婚后，姚燕燕一个人带着儿子，厂子效益一般，为跟上社会发展形势，把全厂年龄满四十的女工和五十的男工全办了内退。干了快二十年的工作，说没就没了，所有办内退的男工女工却没一个人发牢骚，比起其他一些企业，没直接让他们下岗已经是万幸，至少，他们每个月还能领到三四百块钱生活费维持生计。最令姚燕燕痛苦的，还不是没了工作，而是她这个冷冰冰的家，儿子刚上高一，什么时候开始他的青春叛逆期，姚燕燕没感觉，只知道儿子初中的学习成绩一直在往年级的后几十名跌，跌下去就很执着地再没有上来过，中考不知道抽的什么风，居然考得还不错，没让她担太多心就上了个中不溜儿的高中。儿子高中沿用的是初中的风格，成绩居下不上，而且还有一万个影响他学习成绩的理由，没一个是他自己的问题，似乎他的学习是温度计，外界的气候才是他成绩升降的唯一因子。成绩差倒也罢了，有那么多的孩子，不是每一个都优秀得无与伦比，这点姚燕燕能想得通，可儿子像平时吃的不是饭而是火药，每次与她说不上两句就暴跳如雷，扯开嗓子跟她吼，弄得她一想到儿子的模样心里就发怵。眼看都五十的人了，日子过得灰头土脸，一点心劲儿都没有，老听儿子说给点阳光就灿烂这句话，姚燕燕想儿子什么时候也给她点阳光，让她也灿烂一回吧。

初秋的午后，阳光暖暖地透过窗玻璃照进来，温软地洒在沙发、地上，以及歪靠在沙发边的姚燕燕身上。阳光里，细微的尘埃飘浮在她四周，她轻轻舞动双手驱赶那些浮尘，却又惊起更多尘末，纷纷扰扰有如她生活中的那些琐屑，驱之不尽。想到自己的生活，姚燕燕心中不免又烦闷起来，轻叹一声，垂下双手。软软的阳光里，习惯午觉的她渐渐地有了睡意，她告诫自己没盖东西不能睡过去，待会儿阳光照不到会着凉的。但她又懒得爬起来去床上，顺势把自己放倒在沙发上，心想着就眯一会儿，不见得会感冒。很快，她进入睡眠状态，暂时忘却了一切。

姚燕燕是被一阵急促的电话铃声吵醒的，她茫然地撑起身，阳光没容她灿烂起来就逃离了，屋里有些阴寒，她不由自主地抱紧身子，一时竟不知自己身在何方，又是何时，但电话铃声没容她多想，极不耐烦地响着。姚燕燕凑过身子抓起话筒，断了这烦人的噪声。

电话是弟弟打来的，他已结束陪领导打牌的“重要”工作，回到自己的办公室，想着中午对姐姐的生硬态度，有点过意不去，便打个电话仔细问询一下。

姚燕燕有气无力地说：“感谢姚公公的关心，你姐是没事找事，无中生有，给公公您添堵了。”

公公是对秘书们的昵称，姚亮亮自己说的，说的时候兴头十足，好像还挺得意这样的称呼。不然，姚燕燕也不会用这个不雅的称呼来称自己的弟弟。公公，那不就是太监嘛，就算是侍候皇上，也不过狐假虎威而已。姚燕燕也是不高兴时才这样称呼一下，平时哪舍得对自己的亲弟弟这样恶口呢。

姚亮亮对姐姐的口气并不在意，以秘书的口吻说道："姐姐批评得对，那个时间段弟弟身不由己，这会儿就说句人话吧。姐，你看清跟踪你的那个人了吗？多大年纪，认不认识？你弟弟没别的本事，纠结一帮哥们儿却没问题，你告诉我是什么人，我叫人解决了他！"

姚燕燕心说，我要知道他是谁，还至于紧张吗？但弟弟能打电话过来，说明他还是比较在意她这个姐姐的。这么一想，心里舒服多了，也不想就此话题再展开下去，便轻描淡写地说道："你姐姐我到了更年期，心里多疑，拿个影子来哄自己玩呢。你忙吧，我正午休呢，挂了啊。"

弟弟又说了些过几天来看她的话，还惦记着姐姐烧的糖醋鱼呢，装作不舍地挂断电话。

有一天晚上吃过饭，洗刷完毕，姚燕燕到儿子屋里，见儿子不理她，便随手拿起一本作业翻看。儿子耳朵上塞着耳机，反应却一点也不迟钝，从妈妈手里一把夺过他的作业，吼了句，胡乱翻啥呀，看得懂吗？把本子往包里一塞，埋头做自己的事。姚燕燕气得全身发抖，强自忍住，柔声对儿子说：

"不是我要看，是你们老师要求家长经常督促孩子做作业，我不对你负责，总得对老师负责吧！"

儿子瞥了她一眼，很不屑地说："给你看有用吗？我就是从头到尾都做错了，你也看不懂，浪费这时间，你还不如去看电视，免得吵闹我。"

这还算说得客气，往日儿子咆哮起来像头饥饿的狮子一样。姚燕燕在儿子身边站了一会儿，也不知道往下该说什么，她知道再说下去，又会是跟儿子吵闹一场，几乎每次都一样的模式，儿子的不屑或者说轻蔑，还有叛逆让她心伤一次又一次，却无奈又无策。在姚燕燕眼里，和儿子的战斗，即使不打她也注定失败。姚燕燕默默地退出儿子房间，轻轻关上儿子的房门，让他一人独处，写作业也罢，做别的事也罢，她已身心疲惫，即使有心和儿子交流一下，前提得是儿子愿意，但她已无力了。

无事可干，姚燕燕只能像儿子说的那样坐到电视机前，穿着一身内衣歪在沙发上，把电视置于静音状态，有一搭没一搭地看本地新闻，等待新闻过后的连续剧《王贵与安娜》。这个电视剧她是中途看的，才看了一集，就再放不下了，跟吸鸦片似的，心里总惦记着。

新闻终于完了，插播一段广告之后，就是姚燕燕等待的内容，她拿着遥控器，随时准备按下静音键，恢复出声。她连《王贵与安娜》的片头曲都不愿放过，看了这么久，她都跟着能唱了，觉得这个曲子挺有生活味道的。

门就是这个时候被敲响的。敲门声很轻，如果电视机处在正常音量，根本就听不到。姚燕燕没在意，以为是敲对门家，她本来交往就少，够得上串门这个级别的人几乎没有，儿子每天放学回到家后，这个时间段不会有人敲门，就是偶尔，姚亮亮抽风似的没打招呼来了，那门也是被拍得毫无章法，绝不可能如此文雅，像微风过时的风铃声，带点怯懦，还有一丝羞涩。姚燕燕不在意，继续倚靠在沙发上等待广告结束后的电视剧。

儿子在里屋却把门拉开一道缝，伸出脑袋冲母亲粗粗地吼道："你耳朵出问题啦，有人敲咱家门呢。"

姚燕燕一跃而起，瞪儿子一眼："说什么呢，有你这样对自己妈说话的啊？这会儿你耳朵可够好使的，还不回去写作业！"

儿子"哼"了一声，收回头狠狠地把门摔上。姚燕燕这才懒洋洋地向门口走着，边走边问是谁。门外也不答应，又轻轻地敲了两下，好像凭着这两声就能叫姚燕燕辨别出是谁。姚燕燕皱皱眉，又问了一声，门外还是不应，只是极有耐心地又敲了两声。她来气了，冲门外喊：“你不答应，我就不开门。”

门外这才应道：“是我！”声音很微弱，却不说是谁。姚燕燕嘴上问着“你是谁”，没往多处想，还是拉开了门。

廊灯坏了，隔着老式防盗门，看见门外站着个黑乎乎的人影。因为没弄清楚是谁，姚燕燕抓住了门把柄，却没急于打开防盗门。孤儿寡母，她的戒备心还是有的。门外的人默不作声，似乎并不急于让姚燕燕打开门。

姚燕燕不再作声，屋里的光明映衬得屋外的黑暗更加黑暗，除了一个黑黢黢的影子，她什么都看不清，只是听到对方粗重的呼吸，一长一短。

突然间，门外的黑影轻轻说道：“燕燕，是你吗？”

“你——是谁？”片刻的寂静之后，姚燕燕一下子想到跟踪她的那个人，立马警惕起来。

“我……是爸爸，”黑影往前凑了凑，“燕燕，我是你爸爸呀。”

“爸爸？”这个已经陌生的称呼让姚燕燕心里“咔嚓”一下，像扭断了思路似的。我还有爸爸吗？她有很多年没叫过爸爸，即使后来有了儿子，她教儿子喊“爸爸”时，竟艰难得像爬千山走万水，弄得丈夫当时都要怀疑儿子不是自己的亲骨肉。现在，一个男人面对着她竟称是自己的“爸爸”，这个称呼很近，十六年的距离却很远很远，远得这个称呼在姚燕燕心里沉寂得太久，她甚至已忘记自己有过爸爸。

十六年前，爸爸义无反顾地离开他们，尾随着另一个女人离开省城，去了一个小地方生活，从此再没有音信，在姚燕燕姐弟三人心目中，父亲的意义仅仅成了生命创造的一种微弱力量。除此，父亲留给他们的，只有怨恨。在他们十几年的生活中，父亲不再存在，“爸爸”这个称呼已经变得很生硬，就像一件精细瓷器里隐秘的裂缝，看不到那就是完美，一旦看到，便在心里竖了堵墙，任你再怎么心胸广阔，天地无私，你都无法越过去，再不能平平坦坦看到完美。

姚燕燕依旧愣着神，不知道如何应对猛不丁出现的这个人，一直以来，没有目的的生活已消耗尽了她所有的机智和应变能力。隔着一道铁门，咫尺的距离，她的心慌了。

“燕燕，你打开门啊，爸爸只想看你一眼。”黑影又轻轻碰触着防盗门，用哀求的口吻说道。

姚燕燕的手还挂在门上，正在犹豫之间，儿子如同冲锋陷阵的战士，行动敏捷地从屋里冲出来，没等姚燕燕反应过来，已拨开她的手，迅疾地打开了防盗门，还不忘埋怨母亲：“你反应真迟钝，人家已经说了是你爸爸，还不给开门，真是的。”

一个灰色的影子顿时出现在屋子投出的灯光下。他穿着灰色的外套，微微佝偻着背，一头灰色的头发乱七八糟，横七竖八满是皱纹的脸和他的头发一样，都是灰色的，一点也没有平常人串亲戚的光鲜和体面。

姚燕燕对父亲的印象，是一个身材高挑、相貌俊朗的中年男人，而面前形容枯槁，没有一点精气神的老人，对她来说更加陌生。也许隐约之中还是有些熟悉的东西，而她却在下意识地否认着这一切。如果面前的这位真是父亲，她情愿是那个她印象中高挑俊朗的男人。父亲离开时长什么样，她记不太清了，但眼前的这个灰色老人，无疑就是跟踪过她的那个人。这点姚燕燕还能判断得清，她本能地拦住他，警觉地问道：“你真是我的——父亲？”她没有说“爸爸”。她叫不出口。

老人立马抽泣起来：“燕燕，我真是你的爸爸姚仁义啊，过去这么多年，我老得你都认不出啦？”

儿子不失时机地白了姚燕燕一眼：“真是的，哪有这样对老人说话的。”随即热情地对姚仁义说，“那你就是我的外公喽，快进来吧。”伸手把外公拉进了门。

姚仁义把外孙揽进怀里，泣不成声：“是我的乖孙儿欢欢吧，快让外公看看，都长成大人了。外公走的时候，你还很小……”

儿子很意外地没有挣脱姚仁义，他真的像个企求大人怀抱的小孩子，温顺地伏在外公的怀里，乖巧得像一只猫。他只是时不时地，拿眼瞅一下妈妈。姚燕燕很久没有这样抱过儿子了，儿子早就变成了一只刺猬，只要她一靠近，他浑身的刺便立马竖起来，随时准备扎她一身。

这种情况下，姚燕燕再不能置之不理，但她又不知该怎么做才好，是劝他别哭了，还是把儿子拉出来给他让座？儿子小鸟依人的模样让姚燕燕的心软了起来，也有些不知所措的羡慕和忌妒，她很想那个怀抱是自己的，儿子那样安静地伏在他的怀里，像他小时候一样。姚燕燕有些难过，低下头，突然发现自己还穿着睡衣，顾不得太多，扭身匆匆跑进卧室，穿上外衣。同时，也平息了一下自己内心的慌乱。

穿戴整齐的姚燕燕再次出现在客厅时，已恢复到常态，儿子离开了姚仁义的怀抱，搀扶着外公到沙发上坐下。姚燕燕冷冷地命令儿子去写作业。

儿子不情愿，嘴里嘟囔着，可没敢反抗，松开姚仁义的胳膊还是回自己的屋里去了。姚燕燕打量着面前的灰色“爸爸”，十六年的时光抽丝剥茧一般抽尽了他所有光华，剩下的就只有他的衰败，像深冬季节野草一样的衰败和不堪。她声音软下来问道：“是不是你这两天跟踪了我？”

姚仁义站起来，抹把泪，不敢看女儿的眼睛，嗫嚅道：“十六年了，我日夜都在想念着你们哩。这么多年没见，你的变化也挺大的，我不敢断定就是你，所以就跟着，想确认一下到底是不是——你。幸亏你家没挪地方，我才敢上门认你。呜呜——终于见到你了，我的大闺女啊，丽丽，还有亮亮他们都好吧？”

不问起他们倒还好点，一问起来，姚燕燕刚软下来的心骤然间硬了起来：“你问他们干什么？你还记得他们与你有关系啊！”

姚仁义大放悲声：“闺女，你这话比刀子还锋利，刺得爸爸心里头血淋淋的……我知道你们都恨我，可我……可我……”他哭得说不下去了，灰白色的头发随着他的哭声像枯草似的抖动。

姚燕燕的胸口涌起一股无边的酸楚，心里突然间涌满了对这个人的憎恨。她是俗人，做不到一笑泯尽所有恩仇。她想哭，却不想在这个人面前，但是泪水还是忍不住涌出眼眶。不管怎么说，眼前这个人毕竟是自己的父亲，就算她用尽全力删除，也不可能做到让一切不留痕迹。

抹了把泪，姚燕燕扯他坐下，想给他泡杯茶，暖壶里的水是早晨烧的，泡不开茶了，只好倒杯温开水塞进他手里。

姚仁义捧着水杯，嘴唇抖得喝不进嘴，好不容易喝进去一口，又呛着了，咳嗽起来，咳得一脸的皱纹挤到一起，那神情既可怜又悲怆。姚燕燕本能地伸出手，想替父亲拍背缓冲一下，她的手刚落到姚仁义的背上，一种强烈的陌生感使她猛然反应过来，手迅速从姚仁义的背上撤了下来。姚仁义的咳嗽几乎被姚燕燕的举动惊住了，止了一会儿，然后又剧烈起来。咳了好一阵，喝了几大口水才止住咳，姚仁义抹抹泪，又站起来对姚燕燕说："看到你，还有外孙，我就知足啦。不早啦，我得走了，别扰乱了你们的生活。"

姚燕燕没有说挽留的话，起身相送，看着他佝偻着背默默往门口走，心里却泛起一丝悲哀，忍不住问道："这么晚了，你上哪儿去？"她本来是想问他晚上怎么住，可话到嘴边又改了口。

姚仁义回过头，灰白的眼仁扫了一下女儿，说："我得回旅馆，再晚点人家就不让进门了。噢，差点忘记说，我来看你的事，先不要给丽丽和亮亮他们说，免得……”后面的话没说完，他已扎进了门外的黑暗中。姚燕燕追出门外，对着他下楼时摇晃的黑影说：“要不，我送你下去？楼道的灯坏了一直没人修。”

黑影顿住，没有回头，复又抽泣起来，颤声拒绝送他。姚燕燕没有坚持，只是往楼梯口又多走了几步，目送着黑影慢慢往下移动，变成一团更为深沉的黑团，拐过楼梯口，连那个黑团都瞅不见，只听到越来越远缓慢、沉重的脚步声和越来越弱的抽泣声。姚燕燕依旧站在楼梯口，目光融在黑暗中，比楼道里的黑暗更浓重的悲戚团团裹住她，使她无法从中挣扎出来，倚在楼梯扶手的身子全麻木了都没有感觉。过了好久，她才僵硬地转过身，看到门内站着的儿子，正用冷冷的目光望着她质问道：“为什么要外公走？你难道看不出他是个老人吗？”

是啊，为什么不留下他呢？她甚至连留下他的念头都未曾动过，他可是她的亲生父亲啊。她总认为儿子不懂得什么叫体恤，可他却恻隐着一个七十多岁的老人。或者，她可以用十六年的距离来说服自己，但十六年，真的能抹杀一切吗？如果可以，为什么她还会有怨恨？姚燕燕在儿子的质问声中，不由自主地打了个冷战。

虽然是初秋的夜晚，但寒气重啊！

二

父亲的出现，使姚燕燕心里乱成一团，坐在电视机前再无心关注“王贵”与“安娜”的婚姻状况了。再怎样曲折的婚姻，最终也不过是离或不离，继续幸福或不幸福。她现在最上心的是自己的父亲，这几天，有个疑团一直占据着她的大脑：这个抛下他们姐弟十六年的父亲，突然间回来，到底要干什么？是良心发现，灵魂受到了谴责？还是在那边混得不如意，要回来寻求慰藉？

姚燕燕本来是个头脑简单的人，按前夫的话说，她永远是个赶不上点的慢车，别想着超车了。可这个疑团困扰着她，干什么都打不起精神，已经耽搁了儿子两次早餐。欢欢给她下了死命令，如果明天再因为早餐误了上学时间，他得考虑住校了。“反正，我也不想和一个连自己父亲都不愿认的人住在一起！”欢欢是这样给她说的。当时，噎得姚燕燕说不出一个字来。认不认父亲的事先不说，这其中有多少恩怨和多么漫长的距离，一时半会儿没法跟欢欢说明白，她只知道如果儿子住在学校，不会和儿子吵架伤心，可没有儿子的雀跃欢呼，这个家就真的变成一个空荡荡的壳了，无所依托的她独自守着一个没有声息的壳，本就干涩的日子将变得更加无滋无味，那还有什么意思呢？再说，欢欢贪玩，一旦脱离了她的看管，会变得越发无所顾忌，学习成绩只能是越来越糟糕，高二第一学期，紧一紧还能出成绩，真要放了手，那就要跌到谷底了，到时真想爬，怕也爬不起来。多关键的时期呀。

姚燕燕决定给弟弟妹妹打个电话，把父亲回来的消息告诉他们。保守这样的秘密只能让她的心理负担更重，她想不出父亲出现的原因，要姐弟三人一起分析一下，尽快解除她心中的疑团。最关键的，使她能对仇视她的欢欢有个说辞。因为，欢欢对外公的态度让她心里有了一丝温暖，这孩子表面上冷冰冰，心里却还是注重亲情的，她甚至想，如果接纳父亲可以改变欢欢与她的关系，是不是能皆大欢喜呢？

给弟弟打电话得选择时间，不然根本没法说话，晚上下班后的这段时间他不用陪领导打牌，但经常得跟着领导去应酬，一旦回到家里，就是没喝醉，也是没法说话的，弟媳不是省油的灯，尤其对她这个生活没有太多优越感的姐姐。姚燕燕选择了刚下班，弟弟还不可能上酒桌，也没回到家这个时间段。没想到电话一打通，姚燕燕还没把父亲的事说清楚，姚亮亮就在那头抱怨上了：“姐啊，你是不是离婚久啦，憋出毛病了？前几天说有人跟踪你，现在又冒出来个父亲，这样下去你脑子不出问题，你弟弟我非得出毛病不可。不行不行，单身女人又多疑又好臆想，我得赶紧托人给你找个男人，你不能再独身了！”

姚燕燕尽力压住心里的怒火，尽量用平静的口吻说道：“姚亮亮我是认真的，你别瞎扯好不好。果真是父亲回来了，三天前，也就是我打电话告诉你被跟踪的那天晚上，他上我家来了，那个跟踪我的人就是他，十六年啦，他变得我认不出来，怕认不准……”

“什么？三天前，那你为啥现在才告诉我？他在你家住下啦？十六年没露面，谁知道他到底是不是咱们的父亲？你可认清了，别把啥样的男人都往家里请啊。”

“姚亮亮！”姚燕燕这下忍不住了，厉声叫道，“你别太过分了，我现在是跟你说正经的呢，他——就是我们的父亲，只是到我家里看了一眼就走了，说怕打扰，就没去找你们。他还不知道咱妈已经去世，不敢上咱家的门，才找到我这儿。他也不让我告诉你们的。”

“那他现在住哪儿?”

“我怎么知道?”姚燕燕说出这句，觉得不妥，赶紧补充道，“当时问他来，他不说，我不知道他突然回来想干什么，本来想尊重他的意见不跟你们说的，但我一直闹不明白，他啥也不说啥也不问单单露个面是啥意思，所以才打电话想从你那里讨教讨教来着。”

“你问过我二姐吗? 他不会去了你家再去她家吧?”

姚燕燕没好气地说:“你二姐挺着个大肚子，我咋问她? 咱家就你一个男人，遇事不先找你找谁!”

电话那头静了下来，姚亮亮大概意识到自己的重要性，沉默了一阵才说:“那你先别给二姐打电话，免得她受惊今晚睡不好。我晚上有重要应酬，不太方便。这样吧，我改天去二姐家看看，如果他没去过她家，我再当面告诉她，然后咱们再合计这事怎么办，你看行吗?”

只能这样了，还有什么不行的。弟弟不愧是男人，也是“公公”给当的，遇事不惊慌，考虑得有板有眼。姚燕燕心里总算踏实了些，能睡个安稳觉了。

三

又下雨了，有道是一场秋雨一场寒。姚仁义拥着被子，蹲坐在租住的地下室床上，呆呆地望着半扇探出地面的小窗。窗外淅淅沥沥落在地上的雨滴溅在窗玻璃上，混了水泥地上的尘土，在玻璃上蓄积着，然后像浓稠的眼泪缓缓地向下移动，流出一道模糊的痕迹，像愈合不良的伤口，看得姚仁义心里异常难过。偶尔，外面有过路的行人，匆忙的脚步闪过窗前，踩踏起一片泥水将玻璃上眼泪似的雨水盖住，整扇窗户似风中的灯光一样暗淡。这个原本熟悉的城市，他已彻底陌生了，陌生到只有秋风和秋雨的陪伴。他心里无限伤感起来，不由自主地眼眶就湿了。

到了这个年龄，人特别脆弱，随便看到一件事物，都会跟生命联系在一起，心里难免凄惶。

刚回到这里那天，他差点找不到曾经的家。一个人相貌随着时间的流逝会无限改变，城市原来也一样，他离开这座城市十六年了，人生有几个十六年啊！他七绕八拐，终于找到了被高楼大厦的影子笼罩住的那栋旧六层楼。那栋楼就像年轻富贵、雍容奢华的女人中脸色苍老、穿着破旧衣裳的那一个，没有光芒，却是如此的扎眼。姚仁义站在另一座新楼的拐角，远远地望着自己曾经生活过的那栋旧楼，那是幢安详的楼，不像身旁的这幢，进出的人就像搬家的蚂蚁，感应门是一张怎么也合不拢的大嘴，敞着，喘着，不安着。那么多的房子被拆掉，那么多的气派房子被建起，为什么这幢老楼依旧矗立在这儿？是为了等他，让他再见证当年的岁月？姚仁义再也控制不住自己的情绪，眼泪喷涌而出。

这算什么？当年为逃离这里，准确点说，为逃离这个家，更准确点说，是为逃离前妻，他背负着多大的压力，费了多大的劲，才得以脱离开。十六年过去，再次面对这个曾经生活过几十年，也有过无数幸福时光的地方，姚仁义哭出了声。他把袖子塞进嘴里紧紧咬着，不让哭声发出来。其实，他心里清楚，周围早已不会有人认识他了，那栋旧楼连出入的人都没一个，而在新楼进出的一张张年轻面孔，于他已是千山万水的距离，他怎么可能会被认出来呢。况且这么多年过去，能记住他的，除了自己的家人，不会有别人了，但他还是怕路边的人认出他来。他不想被认出，他最怕前妻知道他回来的消息。不管她当年怎样对待他，可最终，却是他抛弃了她和孩子们，他的恩断义绝如同一把匕首，在刺痛他自己的同时，更深地刺痛了前妻和孩子们。以前妻的个性，这样的痛就算过去十六年，即使伤口结成厚厚的痂，也不可能好起来。这么多年过去，再面对记忆中不敢面对的地方，他心里的负罪感越发深重，他不愿让前妻知道，是不想在他们都已经老去的时候，再撕扯那层厚痂，让痛变得更加剧烈。

在有生之年，姚仁义认为最对不起的，不是前妻，而是他的大闺女燕燕。当年她相中了工厂的一位普通工人，是他硬逼着她嫁给了车间的技术员，好听，面子上好看，还能很快分上新楼房。当时，燕燕是多么不愿意啊，可他完全体会不到女儿的痛苦，几乎是以死相逼，女儿拗不过他这个父亲，含泪嫁了。在抛家弃子之前，他一直认为这样做没错，完全是为闺女下半生幸福着想。婚姻毕竟是现实的，而他看到的现实就是技术员比普通工人的家境好，工资高，最主要的是体面。可是，女儿嫁给技术员后，总是被他看不起，当用人使。姚仁义自己也是亲身经历着作为一个普通工人被妻子冷落的痛苦，前妻与他一直打打闹闹，就是嫌他是个满身油味的臭工人，尽管他向来都把自己收拾得妥妥帖帖，不穿工作服的时候看上去像个机关干部。前妻说他身上的味道是骨子里的，他就奇怪，谁也不是天生就做工人的，哪儿来骨子里的东西？那些机关里坐办公室的人，他们骨子里又是什么味道？前妻从来不听他的说道，甚至到后来都不与他同床，他那时年轻力壮，那种来自生理上的痛苦只有他自己知道。当他终于有机会认识了后来的妻子，在众人的白眼，子女们的仇恨里，他也要脱离那种生不如死的日子，宁愿离开省城去小地方，也要过正常人的生活。

就是从那时起，他才慢慢领略到大女儿的苦楚，他以为自己是女儿的前车之鉴，却没想倒把她逼进了自己的旧辙，重复着他的不幸婚姻。人说婚姻是一双鞋，合不合脚只有自己知道，他是脱了旧鞋后才深知这个道理的，可一切都已经晚了，他再也顾不上燕燕，不是鞭长莫及，而是没有甩动鞭子的那份力量了。

一切都重新开始后，离开省城，虽然内心有负罪感，生活也比较艰辛，但和尊敬他的女人在一起，日子平静，姚仁义很如愿地幸福着。可是，幸福的日子过得很快，一瞬间就是十几年，他慢慢地变老了，身体开始出现问题，先是一些小毛病，吃点药打几针，就能对付过去。可事情远远没他想得那么简单，不久前，他感冒了，吃药打针一直好不了，在医生的建议下，他做了CT，结果出来说肺部有阴影，怀疑是癌，但不能确定，建议他到省城大医院做个核磁复查一下。CT毕竟没核磁清楚。他没把检查结果告诉老伴，也不想再查。查出来又能怎样？这样那样的折腾治疗，受尽人世间最非人的折磨，结果怎样？还不是一命呜呼！命中如果有这个劫数，躲是躲不过的，那么多大人物得癌症都治不好，他一个再普通不过的老工人，还能抵抗得了癌症？他没啥心不甘情不愿的，今世的磨难也是上辈子修来的，当初他舍家弃子，就当是报应吧。

姚仁义甚至都做好了那一天到来的心理准备，到了该把生死想开的年龄啦。听天由命吧。谁知，他的咳嗽总是不见好，老伴起了疑心，从他的口袋里翻出了CT检查单，看到上面的“肺癌”两个字，差点昏过去。一盘查，姚仁义瞒不过去，说医生只是怀疑，没有确诊，算不得数。癌症可不是闹着玩的，老伴催促他赶紧上省城医院去做核磁。没办法，他答应去查，但有个条件，只能他一人去，不要任何人陪。他留有私心，真去了省城，他能不忆旧吗？忆起旧来，他能不失态吗？再说，他也很想见一下自己的子女。老伴似乎明白他的这个心思，也不说破，让他只身来到省城。

十六年来，姚仁义再没回来过，省城的变化太大，消费更吓人，从小城带过来的钱经不住在省城用，他得省着点。他还想给老伴留点，万一他真的不久于人世，老伴以后的生活总得有着落。

为能见到每个子女一面，姚仁义想在离家不远处找个地方住下。宾馆太贵，连一些小招待所住一晚上也要上百块钱，他住不起，就盯着电线杆子上贴的租房广告，找到了这家地下室。租房也有规矩，没有租住一天两天的，最少得一月，租金比租一年要贵，一间六七平方米半地下的屋子要三百多块钱，但比起招待所要便宜得多。最主要的是离以前的家近，方便他与子女们见面。

姚仁义住下后，去省中心医院做过核磁共振，得等两天，才能拿到结果。这两天，姚仁义心里慌得很。虽然他已把生死看开，做好了听天由命的准备，但是，内心里还是燃烧着一丝希望的火焰，万一不是那个癌呢。人家只是怀疑，没有确定，所以，在没拿到结果前，他还抱有一丝侥幸心理。

在等待的过程中，他最想做的事，就是尽快见到自己的子女。他白天没敢在这周围露面，万一被人认出来呢。他最怕前妻知道他回来，前妻心气儿高，当年嫁他时就很勉强，后来跟他吵架时老说是上了他长相的当。他后来老琢磨这句话，怎么长得一表人才也成了不待见的理由？这会儿真要叫前妻撞见认出来，看到他如此糟糠的模样，是不是越发觉得羞辱？被这样的男人抛弃，更觉得不堪呢？于是，他先去大闺女燕燕住的地方，他一直记着那个地名：稻香园四号楼，那幢楼是当年厂里最好的楼。可那个地方不好找，跟他的印象差得太远，街道公路修改过不少，曲里拐弯总算找到了，但他拿捏不准，燕燕是否还住在这里，那么多的新楼盖起来，说不定燕燕跟着技术员早已搬到了别处呢。他不想去打听，反正到了省城，交了一个月的房租，他有的是时间去寻找。他最担心的当然还是怕有人认出来他，走漏风声，让燕燕听到，她万一不愿见他，不就白瞎了？于是，他躲在楼前的一丛冬青树后，紧盯着出入楼门的每个人，只要燕燕还住在这儿，就一定能看到她。

蹲守了两天，才看到一个酷似燕燕的女人，那一刻姚仁义热血沸腾，几乎要冲上去扯住她，可那个体态臃肿的女人是他的燕燕吗？燕燕有这么老，这么不堪吗？他的脑海里，燕燕再怎么变，也只会是脸上不再那么光鲜而已。姚仁义犹豫了，不敢上前相认。他决定先观察确认一下再说。他远远地跟着燕燕去了护城河边，出入菜市场，甚至躲过保安，悄悄地跟进楼门，确定她进的屋子就是他记忆中的那个家。那天晚上，他才忐忑不安地敲响了大女儿家的门。

四

姚亮亮起了个大早，想在上班前去趟二姐那里，问问她最近孕期反应情况。姐夫经常不在家，虽然有保姆伺候着，但代替不了亲情。顺便，也要告诉她父亲回来的消息。

以前姚亮亮去二姐家，空着两只手就去了，二姐成了有钱人，不稀罕他带啥礼物。现在不一样了，她是孕妇，看孕妇总不能空着手，虽是亲姐弟，但该有礼数的时候还是不能少的。姚亮亮翻箱倒柜地找礼品，响动声把睡回笼觉的妻子林琳给惹火了："大清早弄出这么大动静，要拆掉这个破房重盖你也没这个能耐呀？烦人！"林琳扯过被子蒙住了头。

姚亮亮停下手头的动作，到床跟前站住："那你告诉我，上次我拿回来的那两盒营养品放在哪儿？"

"什么营养品？"林琳"唰"地掀开被子，挑衅地看着他说，"不就破蜜膏吗，还营养品呢。"

"是啊，就是那两盒，在哪儿呢？我把它带给二姐。"

"我吃了！"林琳没好气地说，"你就惦记着你二姐，难道我就不能吃啊？你千万别说我没怀孕就不需要营养。”

姚亮亮摇摇头，摔上门走了。不说怀孕还好，一说到怀孕，他的情绪就会受影响。结婚六年多，别人家的孩子都上幼儿园大班了，可他们还没把生孩子的事列入议事日程。主要是林琳，她有一大堆不生孩子的理由，说白了是怕养，嫌孩子是个拖累。母亲还活着时，一直盼着他们能早点要个孩子，趁着还有精力替他们带带，可林琳一直用工作忙推托，说趁年轻先好好工作，等几年工作基础打扎实了再说。这理由不能说不正当，他们夫妻两人工作时间都不长，这么快要孩子是要看单位领导脸色的。这一等，老娘突然得病去世了，林琳更有理由不生养孩子了，孩子生下来谁给带？就算她可以辞职在家看孩子，他挣的那点钱够不够花？再说，姚亮亮一个礼拜有两三天在外面应酬不能回家，把孩子撂给她一个人，她还不得被烦死啊！反正说死说活，除了每天上班，下班不是跟一群女伴东奔西走，就是窝在家里泡在网上可劲儿逛网店，买回来一堆直说便宜又用不着的东西，真正跟姚亮亮泡在一起的时间不多。有时候，姚亮亮想要跟媳妇说点什么，林琳又总是爱答不理的，兀自说吧，还惹人烦，动不动就给他来一句，你也就那点破事，倒过来翻过去地说有劲没劲啊？或老说以前的事有意思吗！把日子过成这样，没找自身的原因，成天批判姚亮亮不知道关心她，不懂女人的心思。姚亮亮对于这样一个特立独行的妻子颇有看法，可又很无奈，他改变不了她，慢慢地也就麻木了，眼看快奔三十的人了，三十而立，他立得起来吗？在家里没了追求，他把心思放在单位，与领导套近乎，走一走曲线救国的道路，想着能在事业上有所发展，今后光鲜了，或者这个家也就会成为家了吧。

出门下楼，姚亮亮骑上摩托车四处乱转了一通，时间太早，店铺都关着门，别想买到东西。总不能空手去二姐家吧。都怪自己，早点看到营养品不在，昨晚去买点别的准备着就好了。现在怎么办？他把摩托车停在路边，单腿撑地，摸出一支烟点上，狠狠抽了几口，脑子里突然冒出一个念头：去五一酱园，那里的早市有卤猪蹄卖。这可是他和二姐以前的最爱，后来吃得少了，但二姐经常提起时还流口水呢。

姚亮亮在五一酱园买了四个猪蹄，提着来到豪庭家园。这里是富人区，都是单门独户的别墅楼，比那种普通小区要安静许多，小区大门口装着好几个摄像头，连门口的保安都一左一右站了两个，他们挺拔的身姿，立正的姿势，威武神气，一看就是退伍军人出身。进这种门得通报检查，保安问个没完没了，又是大清早，姚亮亮提一大包东西，足够引起保安的好奇心。幸亏是往里送东西，要是往外拿，说不定得把猪蹄一个个解剖开，看里面藏没藏容易失窃的金戒指。姚亮亮好不容易摆脱保安的纠缠，敲开二姐家的门，小保姆把头伸出来，连连摆手，叫他轻点，告诉他姚阿姨还没起床，别弄出声音，把她吵醒可不得了，她的火气可大了。

姚亮亮站在门外，进也不是，退也不是，心里很不畅快，姐姐住这种地方，到底是为了享受还是为了受罪？他有时总会想到这个问题。这会儿，他是来看孕妇的，保姆把形势搞得这么严峻，连话都不让说，他干脆把东西塞进保姆怀里，转身就走。大清早的，林琳没给他好脸色，到这里也叫人不痛快，早知道就不跑这一趟了，还不如打个电话呢。刚转身，没想到卧室里却传来二姐的声音："是不是亮亮来了，快进卧室来。"

保姆这才让开，怯怯地望着卧室的门。姚亮亮不管那么多，鞋都没换，径直进了卧室。卧室黝黯，未及拉开的窗帘把清晨关在了窗外，屋里一股热腾腾的浑浊气息。姚亮亮皱皱眉，绕过床，把天蓝色的窗帘拉开，屋里一下子亮堂起来，他顺手又将侧边的窗户推开一半。姚丽丽没注意到弟弟的表情，裹着被子平躺在床上，顾不得披头散发的模样，作势用手挡住突如其来的大片亮光，笑道：“来这么早，我还没打算起床呢。”

到底是亲姐弟，姚亮亮也不避讳，一屁股坐到二姐的床上，说道：“你是替两个人睡觉呢，多睡一会儿是应该的。咳，看着你就忌妒，林琳啥时候才能像你一样想通了呢。唉，不说了不说了。看我给你带啥来了——五一酱园的猪蹄。”

“真的？快拿给我。”姚丽丽眼睛发光，咽了下口水，连忙爬起来靠坐在床头，唤保姆拿进来，也不洗手，伸手就掏出一块，放在鼻下闻了闻，深吸一口气，侧歪着身子吃了起来，一边吃一边指着姚亮亮嘟囔道，“知我者，吾弟亮亮也！”

姚亮亮看着姐姐吃得这么香，心里很舒服，笑道：“别那么不顾忌，你可是大龄孕妇，得好生养着，哪有像你这样贪吃不顾的。我看等你生完孩子，会胖成猪八戒，到时可别怪我。”

姚丽丽嘴里塞得满满当当，顾不上还击弟弟，指着保姆手里的袋子，让他也吃。姚亮亮摇摇头：“留给你吃吧，养孩子呢，我想吃随时都可以去吃的。对了，二姐，大姐打电话告诉我，父亲回来了。我来看看，他是不是找过你。”

“父亲?”姚丽丽停止了吞咽，含混不清地问道，“谁的父亲? 大姐的公公，还是你家林琳的爸?”

“是我们的父亲。十六年前离开我们的亲生父亲。”

“是他?”姚丽丽咽下肉，把手里没吃完的丢下，擦擦手，坐起来喊道，“他还有脸回来? 他回来干什么?”

姚亮亮叹息道:“不知道! 他没找我，只去找了大姐，连大姐也不知道他回来干什么。”

姚丽丽突然间瞪大眼睛:“是不是那边嫌他老了，不要他啦，还是他的良心……大姐告诉你没有，他穿戴得怎样，像不像个有钱人? 原来不是说他跟那个女人去外地开饭馆，肯定攒下不少钱喽。”

五

这天晚上，姚亮亮照例陪领导在外面喝过酒，唱完歌，十一点半才回到家。没想到，林琳居然没扑在电脑上跟网友山呼海啸般聊天或打游戏，而是洗完澡，披着湿漉漉的头发靠在床头捧着一本美容杂志，有一搭没一搭地翻着，专等他进门似的。

林琳将杂志扔到一旁，斜了他一眼："你有事瞒着我，是吧？"

姚亮亮一怔，随即镇定地说道："我陪领导去应酬，这是身不由己的事。不信，你可以打电话给胡秘书证实一下。"

"我才不管你在外边花天酒地呢。"林琳撇撇嘴，姚亮亮身上的酒味她闻着就烦，她才懒得管他在外面的那些破事呢。她往起坐了坐，双手凑到眼前翻过来翻过去地欣赏着。柔和的灯光下，那双手玉琢过一般精致柔滑。姚亮亮很喜欢林琳的手，手指修长，肤色细腻，一静一动充满了诱惑。早些年他们谈恋爱的时候，只要一坐下来，他一准要捧着那双温软细致的手摩挲半天。现在他已经想不起来，握着林琳那双手的感觉了。

沉默了好久，拿捏得差不多了，林琳才单刀直入："你父亲是不是回来了？怎么没听你说啊？"

原来为这事，姚亮亮心里踏实下来，他经常与领导喝酒唱歌之后，还要去那种不可告人的地方放松放松，领导喜欢去那种地方，他当然得陪着，久而久之，他也习惯了，过阵子不去，还想得慌呢。不是追究那个，别的他什么都不怕。于是，他笑了一下："是呀，你的消息倒挺快的，我还没告诉你呢，你是从哪儿知道的，大姐给你打电话了？"

“嘁，她会给我打电话才怪呢。我今天下午出去办事，路过十九中，碰上放学的欢欢，他告诉我你父亲去过他家。”

“噢，是这样啊。不过，你是知道的，他早跟我们没关系了，现在回来也与我们没啥关系。”

“是没啥关系，但他毕竟是你的亲生父亲。你也不用脑子想想，他回来为什么不上咱家？只去你大姐家。你可别忘了，咱们这儿才是他的家，你才是姚家的继承人。”

姚亮亮这下总算明白了，这才是问题的核心，林琳像二姐一样，惦记的不是父亲这个人，而是父亲到底有没有钱。他在心里冷笑了一下，对妻子说：“我没忘记我是姚家的继承人，现在住的这套房子没有人和我争和我抢。可我的父亲，他十六年前就与我们姐弟没什么关系了，他如果有积蓄，也与我没关系！”

“木头！”林琳忽地坐起来，要怒，想了想不妥，口气又软了下来，“我不是看中这点，不像你二姐那么庸俗，为了套住个有钱的男人，快四十岁了还怀孕，命都不要了，精明过头了吧。我是怕你个木头被他们要弄了，人家还骂你傻×呢。”

姚亮亮摸出一支烟，故意在妻子面前点上火，表达着自己的不满。以前，林琳绝不让他在卧室抽烟，说是为了下一代，叫他“封山育林”。可是她一直不打算育林，他封山的意义又何在？慢慢地，姚亮亮心里不舒服时，就偏偏在卧室里抽烟，反正山林远着呢，尼古丁也熏不着。他狠狠吸了一口烟，吐出几个烟圈后，才缓缓说道：“二姐有她的活法，请你不要挖苦她好吗，她都快四十岁的人了，不管她有怎样的想法，尚且知道生个孩子续后。可你呢？你还不到三十，却有一大堆破理由……”

林琳瞪了丈夫一眼：“你怎么知道我不想生孩子？哪个女人不想要孩子呢。可是，生下来怎么养？就这两间破屋，我还怕孩子一来到人世，就对这种环境过敏呢。”

姚亮亮没话说了。在单位，他伶牙俐齿，凭一张嘴在领导跟前当着红人，可回到家里，碰上林琳这个主，他的大脑经常处于“死机”状态，激活他的办法，唯有关机重新启动。在黑屏的几分钟里，一旦提到房子，姚亮亮的气就短了，根本不想再重新启动。

他们现在住的这套老式两居室，面积不到四十平方米，还是以前分给父母，后来房改落在母亲名下，姚亮亮理所当然继承下来的。单凭他和林琳的收入，想住进姚丽丽那样的豪宅，这辈子就别想了。可姚亮亮一点都不羡慕二姐，虽然住在宽敞的大房子里，不见得心里就舒坦。他早就看出来了，二姐夫那个人根本就不可靠，有钱的人手头活泛，心眼更活泛，外边的花花草草很是晃眼，二姐夫已离过四次婚，都成习惯性流产了，每次的理由都说是人家贪图他的钱财。他要不拿钱来炫耀，又怎么会笼络住那些女人？说白了，二姐嫁给那样的男人，图的也是物质上的享受，以二姐的年龄，哪里还有一点优势，当初要不是二姐使点小腕子及时怀孕，那个男人怎么可能跟她结婚，玩玩而已。甭看二姐夫长相过于偷奸耍滑，还是个秃顶，可他就是招女人，说不定哪天又来一个更年轻的女人，占了二姐的位置呢。二姐夫是什么样的人，二姐心里还不跟明镜似的。所以，二姐才不顾一切要给二姐夫生下这个孩子，是要套住这个男人。不见得生个孩子就能套牢，蚀了米偷不着鸡的事常有，再说，像二姐夫那样常在河边走的人，还怕再湿双鞋吗，大不了，再把湿鞋扔了，换一双干的不就得啦。说句实话，二姐不走这条路，又能怎么办呢，她的婚姻虽然危机四伏，拿个网网住自己也总比坐以待毙强吧。二姐躺在那张宽大的席梦思上，心里其实一点都不踏实。

但现实，又能让哪个人踏踏实实呢。

六

离中秋节还有一段时间呢，姚燕燕对弟弟妹妹的突然上门，有点不知所措。平时，他们只是打打电话，不到逢年过节，很少相互串门的。以前母亲活着时，他们都是回母亲那里团聚，母亲过世后，姚燕燕是老大，弟弟妹妹们理所当然到她这里，一家人团聚团聚。但姚燕燕却很少到他们家里去，首先，她对丽丽的婚姻态度，还有金钱观一直不能苟同，更不想见到那个傲慢的秃顶妹夫，他的年龄比她还要大，却跟花心萝卜似的，离婚都成资本了，还不是仗着有几个钱。她是越来越弄不懂了，那么多年轻貌美的女孩，怎么会看上那些半糟老头，金钱真的魅力无边吗？弟弟那里更不用说，弟媳在她眼里是个小妖精，人家也从来没把她这个姐姐往眼里放，以前母亲活着时，隔三岔五，她回去看望一次母亲，林琳就会与弟弟闹一次矛盾，母亲曾偷偷告诉过她，小妖精吵闹时说，都是她这个姐姐在挑拨他们夫妻之间的关系。她姚燕燕挑拨什么了？当着母亲和弟弟的面，她找不到答案，也没法申冤。母亲过世后，她再没踏进过家门，最多也只是给弟弟打个电话，避免跟弟媳照面。

给弟弟妹妹倒上水，姚燕燕挨着妹妹坐下，理了理她散乱的头发，说："你都快临产了，就别乱跑啦，万一有个闪失，可怎么办哪。"

姚丽丽"嘻嘻"一笑："没事的啦，你是过来人还能不知道，听人说，月份越大孩子越牢靠呢。医生都说了，越是要临产了，越要多活动，到生产时才少受罪呢。哎，姐呀，你这儿有啥吃的，我这肚子又饿啦。"

姚燕燕找了一圈，也只找到两个苹果、几块饼干。姚丽丽却没接过去，翻着眼睛嘲笑道："姐，不至于吧，你把日子过得这么寒酸，省下钱以后给欢欢娶媳妇啊，关键是，欢欢会不会领你这份情呢？"

姚亮亮喝了口水，插嘴道："二姐，你别这么说大姐好不好，她节俭惯了，不见得是这种想法。"

姚燕燕白了妹妹一眼："省啥钱，我的情况你不是不知道，都快到要饭的地步了，要不省吃俭用，这日子可怎么往下过？哪比得了你，家里穷得只剩下钱了吧。"

姚丽丽一见姐姐有些生气，连忙改口道："我说着玩儿呢，姐姐还能不知道我这张嘴。好了，说正经事吧。姐，听说那个人回来了，他现在回来要干什么呢?”

不年不节的，丽丽挺着个大肚子跑这么远，姚燕燕一猜就是为这事来的。只是，打个电话就能问清的事，干吗非得跑一趟。看来，他们把父亲回来的事想复杂了。姚燕燕立马埋怨弟弟:“你说你个大男人，一点事都压不住，瞎折腾你二姐干啥? 那人来了跟你二姐说一声也就完了，还颠颠地撺弄她挺个大肚子乱跑个什么啊。”

姚亮亮正要解释，姚丽丽一摆手:“姐你别怪亮亮，是我自己要来的。你说，他十几年没音信，咋一下就冒出来了呢?”

姚燕燕说:“我也纳闷，突然间跑出来，啥也没说，就说想来看看。”

“那他住哪儿?”妹妹和弟弟几乎是异口同声。

“我不知道!”

“你怎么会不知道呢?”姚丽丽站了起来，捧着肚子摇晃着身子，说，“他能来找你，肯定说了他住在哪儿。就是他不说，你也会礼节性问一下的。是不是呀，小亮。”

姚亮亮点点头。

姚燕燕有些懊恼:“十六年啊，我以为心里对他只有恨，可一见到他，发现对他已经恨不起来了，可是十六年的隔阂还是存在的。所以，他啥也没说，我……啥也没问。”

姚丽丽与姚亮亮对视了一下。

“你们都知道的，当年我的婚姻是他做的主，我在心里一直恨着他哩，才懒得搭理他。”

“噢，姐，我倒没忘记，当年他扼杀你的爱情，逼着你嫁给了欢欢的爸爸，他自己后来跟那个女人走了，现在是不是良心有所发现，觉得亏欠着你，这次来是补偿你的？”姚丽丽笨重地侧着身子，从茶几上抓了个苹果，咬了一口，又说，“他当年跟那个女人去外地，听说开个饭馆，应该挣下不少钱吧。”

姚丽丽嚼着苹果说话的样子随意得像个天真的孩子，可姚燕燕还是听出了妹妹话里的意思。怪不得呢，丽丽自怀孕就没来过她家，嫌她的家小，万一磕着碰着可不是闹着玩的，现在可好，她不怕磕着碰着来她家，一手挖空心思攥紧秃顶男人的财产，另一手居然关心的不是那个离开十六年的父亲，而是他是不是挣到钱。挣没挣到钱跟她们姐弟有什么关系？十六年的距离难道可以用钱来缩短抹平，了无痕迹？

姚燕燕又看了眼弟弟，平时老在电话里跟她嘻嘻哈哈的弟弟这会儿一声不吭，看他的样子，跟丽丽的想法肯定也是一样的。姚燕燕在心里有些埋怨弟弟的不懂事，丽丽费尽心机跟秃顶男人结婚后，一门心思跟那个男人斗智斗勇，想着怎样拴住男人和他手里的钱财，心眼儿里只认钱不认人已成习惯，她要不往钱上想倒不正常了。可你姚亮亮给领导当秘书，好歹也算个人物，怎么也跟丽丽一样不分青红皂白地掺和进来？她后悔当时不该给亮亮打电话说这事，本来平平静静的清贫生活，叫这事给扰乱了。她在心里掂量着，下面的话该如何说。

“挣没挣上钱，得去问他自己。”姚燕燕想了想说。

“他就没跟你说这些？连个暗示都没有？”妹妹不依不饶。

这话问得过分了。姚燕燕明显不高兴，站起来下逐客令：“时间不早了，闲心思你们留着慢慢去操吧。我得准备饭啦，要不，欢欢回来又得怪我。你们俩——想必也不愿留下来跟我们吃一顿忆苦饭，还是——”

姚丽丽回头看了弟弟一眼：“大姐是赶我们走喽，亮亮，咱们还是识趣点吧。”

七

片子出来了，结果很明确，姚仁义肺部的肿

瘤是恶性的，且癌细胞已经扩散到骨髓里。就是说，他剩下的日子不多了。老天给他判了死刑，这下，连一丝希望也看不到了，姚仁义的心里反而不慌了，踏实得连他自己都觉得可疑。他拒绝医生的任何治疗劝说，毅然离开医院，他知道，他每往前走一步，都是向生命的尽头迈近了一步。至于住院治疗，从一开始他就没这打算，既然确诊为癌，再把有限的时间耗费在医院，又有什么意义？世上能有几人可以从癌症的魔掌里挣脱？最后还不是让亲人眼睁睁地看着他在生死线上垂死挣扎，然后带着无限的痛苦和疲惫，还有无数的债务离开人世间！姚仁义的心已经负了不少的债，背不动了。算了，还是把暂时能迈动的步子，放在有意义的事情上吧。这个时候，最有意义的，就是能最后见一见二女儿丽丽和儿子亮亮。燕燕他见到了，生活和他想象的差不多，不是很如意，那套老旧的房子显得狭小逼仄，屋里的陈设简单而暗旧，自结婚后就没换过。他还不知道大女儿已经离婚多年，只看燕燕的暗淡模样，就能看出好多年没有男人关怀过。还好，燕燕身边有个欢欢，那孩子多懂事啊，跟他这个从未谋面的外公都亲的不行，以后一定会懂得体谅他妈妈的。

　　姚仁义在这个熟悉而又陌生的城市街道踽踽

独行着，无数往事的细节在他脑海中不停地穿插，令他一会儿百感交集热泪盈眶，一会儿又悲壮冷静。从知道病情确诊结果，仅仅数个小时，他已把自己的一生从头到尾走过了几遍，叫他心里微感不踏实的，是还能否见到丽丽和亮亮，燕燕会保守他到省城的秘密吗？他心里没底。他只奢望能悄悄地看上他们一眼，然后悄无声息地回到属于他的地方，等候他人生的最后时段。思路每每过到这里，他便不由自主地把头埋在被子里，号啕大哭一通，方才缓解心头的痛楚。

留给他在人世间的时间不多了，却还没有把握能否不带遗憾地走完，姚仁义的心情更加急迫起来。在这种情况下，他还算没有昏头，平静下情绪后，他给老伴打电话报了平安，编了一堆瞎话，说自己的病纯粹是误诊，只是普通的肺炎，不过是慢性的，治起来还需些时日，医生叫他先住几天院，缓解缓解再说。还好这次带的钱也够，就在省城医院住几天，这里的条件好，病治起来快，然后再拿些药回去吃就好了。老伴要来省城陪他，他不让，又不是长住，也就几天，来来回回的多不方便，他一个人能照料好自己，他保证一出院就回家。老伴在那头也没坚持，只嘱他一定要配合治疗，不要舍不得钱，他都一一应下，挂断电话控制不住又流了一通泪。

跟老伴交代完，姚仁义一门心思等待儿子亮亮的出现。

等待儿子，不像等大女儿那么容易，当年他离开的时候，儿子还小，才上六年级，脖子上还挂着红领巾呢，现在也有二十七八岁了吧，是大男人了，他会变成什么模样呢?

天还没亮，姚仁义就躲在那幢旧楼前面的大柳树后面等上了。这棵柳树是他在这里生活时就有的，那时才两米多高，不过碗口粗细，如今长得桶一般粗，树身还被镂空了。看来岁月蚀刻的不仅仅是人，万事万物都耗不过岁月啊。姚仁义假装是过路的老头走累了倚在树旁歇息，眼睛却瞟着老楼的出口，须臾不离，只要里面出来个跟亮亮年岁相仿的男人，他必紧盯着，看是否能从那张脸上看出些亮亮小时的痕迹。一直等到天黑透，下班的人都回家了，他也没看到儿子的身影。是不是儿子变化太大，他辨认不出来?还是儿子这阵子出差，根本就不在?或者——他浑身颤抖了一下，儿子不屑于这个简陋的地方，重新置了房子，搬出去另住了?他不敢打问，那些年岁大些的人可能认出他，而年轻些的，谁关心楼里住的是什么人呢。他不敢打问的更重要原因，还是怕前妻知道信儿。他都不敢想，这么多年之后，他怎么面对前妻。

所以，他只能漫无目的地等，就算儿子不再住这里，他也是会回来的——他不能不来看他的妈妈吧。在几天的漫长等待中，姚仁义又动了心思，他想再去大女儿那里，打探一下丽丽和亮亮的情况。但他自己又否定了这个念头，燕燕心里其实还是恨他的，他看得出来，那天他突兀地出现，已经扰了大女儿的生活，他怎么还能去扰另外两个孩子的清静？还是等吧，他都离开了十六年，难道还没耐心等这么几天？功夫不会负有心人的。他一定可以看到儿子亮亮的。

八

自弟弟妹妹来过之后，姚燕燕便一直在惴惴不安之中，乱的不仅是心，还有生活。连欢欢都看出妈妈的魂不守舍了，这阵子，他竟然没跟妈妈较劲，即使早餐变成一个黑乎乎的荷包蛋，他也只是剔出里面的蛋黄就着牛奶吃下去，然后一抹嘴背着书包走了，而不再叫嚣用住校来胁迫妈妈，他以难得的沉默来保持他的隐忍——他认为自己这叫成熟。

姚燕燕的心乱，却不迟钝，对欢欢的宽和态度很惊讶，她忽然间有些感动，这几年欢欢的强硬和她的退缩，就像是两个国家，一个羽翼渐丰，日渐强悍，另一个日薄西山，萎靡不振。她是日薄西山的那个，最终会被日渐强悍的那个吞噬，而不是依靠或被依靠，这是她能看得到，却不知怎样去改变的悲哀结果。但是，父亲的出现却映射出欢欢对亲情的妥协，没错，当父亲把欢欢揽进怀里，他的眼神中没有了一贯的桀骜和抗拒，他是那样的依恋和温顺，这是姚燕燕近年来没有领略过的。她发现，儿子其实也是寂寞的，像她一样寂寞。

姚仁义依然在老楼的前面等待儿子，他已经守候了三天，没有哪一张脸孔是属于他记忆中的儿子亮亮的。出入老楼的人中，也有叫他能认出的脸孔，但这些脸孔里，并没有他怕见到的前妻。

姚燕燕是在这天正午的时候，找到姚仁义的。

这天正午，阳光温暖得插一棵枯枝到土里都能够发芽，姚仁义身上被太阳晒得热乎乎，脑袋开始晕涨，早餐他只吃了个馒头，还不到中午，肚子饿得咕噜噜直叫唤。在不远处有家快餐店，但他生怕一走开便漏掉儿子的身影，硬是扛着饥饿守在楼前。其实，他稍微一想就能明白，这么大的城市，如此拥挤的交通，如今的上班族还有几人会为一顿午餐回家劳命奔波！姚仁义离开省城太久，久到他的记忆仍停留在十几年前，那时他们为省一顿饭钱，宁愿大中午蹬着自行车回家凑合一顿，也舍不得在外面花钱吃饭。

姚燕燕站在父亲身后看了好久，他的背影是如此枯槁瘦小，小到她都忍不住怀疑，这十六年父亲跟那个女人真的过得好吗？为什么他的神色如此疲惫憔悴？那么多跟父亲差不多年纪的老人，哪个不是肥头大耳，挺个大肚腩？可眼前这个被她叫作父亲的老人，怎么瘦成了这样？姚燕燕以为自己的心是硬的，可她还是感觉心里疼了一下。看来，眼前这个老人，十六年来他过得并不轻松。

打算来找父亲之前，姚燕燕心里是很矛盾的，她撇不开这些年来压抑在心底对这个男人的怨恨，但因为这个人一直以来的无声无息，这份怨恨就像埋得太深的种子，得不到阳光、水分和养分的先天条件，它不能在现实生活中发芽。而当这个人出其不意地出现在她的面前时，她以为那颗怨恨的种子会破土而出，并迅速成长，开花结果。可是，没有！最初的疑惑和无措过后，她发现那颗种子依然沉寂在很深很深的底层，不肯发芽，或者就发不了芽。说到底，他是自己的父亲啊！无论他曾经做过什么，无论他现在为什么而来，都抹杀不了他是他们的父亲这个事实。他对他们是有愧意的，不然，又岂会偷偷摸摸地跟踪她，又怎么会守在这幢老楼前？还不是亲情所致！

也许是定神的时间太长，姚仁义一阵眩晕，他摇晃了几下，胸腔忽然没来由地又疼又痒，他剧烈地咳喘着，像高原反应一般，引得一个经过他身旁的人，像被人抽了一鞭子，瞅他一眼猛地跳开跑走了。

见此情景，姚燕燕的心紧了一下，要冲上前去，跑了两步，又退了回来。姚仁义的咳已停歇，眼神落在不远处从老楼洞里出来的一个男人身上，那男人要捡钱似的一直低着头，姚仁义的头也跟着往下偏，直到那个男人拐过楼角，只剩下一个背影。姚仁义才叹口气，失望地一步一步往后退，一屁股坐到路基上，时不时地还咳两声，眼睛却盯着前面的老楼。

姚燕燕明白父亲在等谁，他只记得亮亮小时候的模样，就算现在的亮亮站在他面前，他怎么认得出来？十六年啊，变化太大了。姚燕燕忍不住了，上前匆忙打断他："别等了，你这样根本等不到亮亮。"

姚仁义被突然出现的大女儿吓了一跳，他眯起眼看着女儿，以为眼睛被太阳晃花了，他晃晃脑袋，再抬起头。是大女儿站在他面前，褪掉悲悯的脸上一派清冷，好像刚刚卷过一阵秋风，带走了她面部所有的表情。

姚仁义不敢再看大女儿的眼睛，他慌忙低下头，不知该如何回答，手在衣服上搓着，过了好久，才期期艾艾地说道：“我，我，我——你怎么来了？”边说边拿眼光往旁边瞅，生怕此时有熟人经过。

姚燕燕没理会父亲的话，她只知道他的等待是徒劳的。亮亮神出鬼没，以他这样的盲目等待，怎么可能见到亮亮？可是，她却不能跟父亲这样说，从那天丽丽和亮亮来她家之后，她也想知道父亲住在哪里，她甚至在上午买菜的时候留意过四周——尽管她知道父亲不可能再跟踪她，但他来省城，总不能倏忽出现，又迅疾消失吧？父亲能去找她，会不会也以同样的方式去找丽丽和亮亮呢？姚燕燕的大脑以从未有过的速度转动着，很快，她就想到父亲可能会去亮亮住的老楼跟前蹲守，他在那里生活了几十年，除了知道她的家，他能去的也只有老楼了。果然，她在老楼这儿找着了父亲。看到父亲的样子，姚燕燕心里五味杂陈，找到他，难道仅仅是问一声他住在哪儿？犹豫了好长时间，姚燕燕瞧着父亲，还是轻声说道：“我是专门来找你的，想给你说，别在这儿等了，你还是——回去吧。”

姚仁义被女儿的话击中了，他伤心地摇摇头，老泪纵横：“我不会惊动他们的，我就想看他们一眼。燕燕，你别赶我走，我这次来，只是为见你们姐弟一面……”

“那你就直接去找好了，站在这里等，能等到谁啊？丽丽根本就不住这里，亮亮——你以为亮亮还是十来岁的孩子呀？”

“我……”姚仁义抹把泪，欲言又止。

“你是怕见到我妈，不敢面对她吧！当年你抛弃她跟别的女人走，让她在所有人面前颜面尽失，叫她一人在黑夜里偷偷哭泣，但她咬着牙硬撑起了这个家，从不在我们面前埋怨你一句……”说到这里，姚燕燕哽咽着说不下去了。

姚仁义静在那里，不敢动，也不敢说话。

姚燕燕擦净眼泪，平静地望着父亲说：“你不用担心，我妈已经去世了。去年冬天走的，快一周年啦。”

姚仁义“啊”地惊叫了一声，这是他没想到的，前妻居然会走在他的前面，他以为自己这一病，若是前妻知道，势必要说声“报应”的，可她连说这两个字的机会都没有了。她怎么走得那么早呢？

姚仁义全身颤抖起来，眼泪止不住又涌出来。人与人之间，有什么恩怨能敌得住生死？前妻都走了，他还有什么不能释怀？唯一做不到的，就是在她的有生之年，他没能对她说一声“对不起”。

可一声“对不起”，又能挽得住什么？

“丽丽结婚了，嫁的丈夫家庭条件很不错，她快生孩子了，可还跟以前一样，她做什么事都有自己的主见，还那么风风火火；亮亮呢，也很成熟了，工作得挺好，他媳妇是他大学同学，长得也漂亮，两个人生活得很好，就是结婚好几年还没要孩子。”或许姚燕燕见不得姚仁义哭，怕引来看热闹的人，她自己也没弄明白，就轻言细语地把弟妹的情况说出来了。父亲曲里拐弯找他们姐弟，不就是想知道他们的情况吗！

姚仁义果然不哭了，能听到大女儿跟自己说另外两个孩子的情况，他已经很满足了。

“你看，他们生活得都不错，你也可以放心了，至于见不见他们，我看还是不见的好。十几年没见，真要见了面，不一定会怎么样呢。你……还是回去吧。要不，你去省城别处再转转……”

本来是看到前方有一片灯火的，只要沿着这片灯火走下去，他一定会走到光明里，可忽然之间，灯火尽灭，姚仁义又重新跌回到黑暗里。他又眼泪巴巴地望着姚燕燕，抽泣道："是不是亮亮和丽丽知道我来啦？让你来告诉我，他们不想见我，也不原谅我？"

"我不知道，他们的想法我怎么会知道！"

"那你呢？"姚仁义迟疑了一下，还是说出了那句一直想说出的话，"你是不是在心里一直恨着我？"

姚燕燕张张嘴，没有回答。她本来想说，她不恨他，如果要恨他，又怎么会来找他？但她说不出口，这种时候说这种话显得太矫情。她不是矫情的人。

见大女儿不说话，姚仁义的心抽搐成一团，眼里又蓄了一层泪水，他有些不好意思地抹把泪，低下头说："我——叫你为难了。我不怪你们恨我，也不求你们的原谅，这次——我是一个人来的，我就看看你们，再回去。你不用管我，忙你的去吧，这幢老楼还在，这几天，我感觉像回到了以前，那时你们跟我多亲热，亮亮挂在我的脖子上，丽丽搂着我的胳膊。现在，我老了。老了，还有什么奢望呢？就是想看看你们。我见着你了，就算了一桩心事，至于丽丽和亮亮，不管他们怎么看我，我也得看他们一眼，也就——也就知足了……"

九

天气忽然之间变了，起了寒风，还绿绿的树叶耐不住寒冷，唰唰往下掉落。秋天总是叫人摸不透，有时候，才入秋就有了冬天的寒意。似乎秋天只是个说法，冬天才是主角似的。

姚燕燕拨打弟弟电话的时候，窗外的树叶正起劲儿地飘落，风一阵紧似一阵，像鬼哭似的。在难听的风声里，姚燕燕眼前总是那个穿得不很厚实的单薄身影，她担心这个时候他还在风里站着，他那么瘦弱，免不了让人产生会跟着树叶随了风翻卷而去的想法。

姚亮亮的电话始终没人接，姚燕燕恼怒了，一个破秘书，还真成了人物，忙得连电话都顾不得接。自那天和丽丽来过，两人之后都没跟她联系，父亲在他们眼里早已不再具有特殊的意义，仅仅是一个代词而已。而这个代词，如果不出现，便在他们的心里彻底消亡了。

倒是林琳，破天荒地给姚燕燕来了个电话，绕了好大一个弯子，才装着不经意地问了一句："大姐，听说爸爸回来了？"

"爸爸。"林琳叫得自自然然，全然不似他们姐弟，“爸爸”就同脚底下不小心踩着的一块口香糖，就算是软的，能够踩得平实，也硌脚啊。

“嗯。”短暂的沉默之后，姚燕燕还是轻轻地应了一声。这个弟媳不是省油的灯，脑子转得太快，她十个姚燕燕也供不起这尊菩萨，做到不惹她好了。

但不惹不行，人家要招惹你。

林琳说:“大姐，爸爸这么多年没回来，一回来不奔家里来，倒寻到你家去了，你看，他还是跟你亲哪。我听亮亮说过，当年你可是最听爸爸话的了，就连婚姻大事都是他做的主。瞧，现在他心里还是只有你啊！”

姚燕燕没弄明白，父亲在弟弟家外面蹲守了三四天，仅仅为见亮亮一面，怎么倒成了他心里只有她啦？她一时语塞，竟然不知说什么好。

见她不说话，林琳又说道:“大姐，按说我这个做媳妇的应该去见见咱爸，可我连他住哪儿都不知道。你告诉我，他住哪家宾馆，我去看看他吧。”

这下，姚燕燕才算弄明白了弟媳的用意，人家是当父亲荣归故里，怕她独享了那份荣耀之后的主要内容呢。想到那个佝偻的背影，她心里一酸，一字一顿地说道:“林琳啊，你和亮亮去你们那幢楼前的柳树旁边，那里蹲着一个老头，你去，喊他一声爸爸，就找到他了！”说完，姚燕燕竟然哭出了声。

“爸爸！”她在心里喊了一声，决然地挂断了弟媳的电话，连声再见都没有说。

待心头平息下来，姚燕燕忍不住又拨妹妹的电话。过了很久，丽丽才接听了，慵懒的声音一听就是被电话吵醒的，第一句话就埋怨道：“姐啊，你真不让人消停，这个时候打什么电话呀，人家睡个午觉都叫你给吵醒了。”

姚燕燕被妹妹的话居然逗笑了：“这才几点呀，就午睡？是不是再过一会儿，就得吃晚饭了。”

丽丽问她有什么事。

“嗯，”姚燕燕脑子突然一闪，不想说了，变了话题，“今天不是欢欢的生日吗，想叫你和亮亮晚上过来吃顿饭。欢欢也惦记着你哪。我刚打了亮亮的电话，老没人接，一会儿你给他发个短信吧。”

姚丽丽疑惑道：“欢欢的生日还没到吧？”

姚燕燕叹道：“农历是没到，可今年欢欢嚷嚷着要过阳历生日了。现在的孩子，不依不行啊。”

“这小子，等我去了好好教训教训他。姐，晚上我要说他，你可别心疼护着啊，他要再叫你惯下去，可就没人形了。”

“行了行了，我不护就是，反正他打小就跟你特亲，比我这个妈还亲，你怎么说他，他也不跟你较劲。”

姚丽丽得意了：“那还用说，我还搞不定一个小屁孩？”

两人又黏糊了几句，姚丽丽要挂电话，说还要继续睡午觉呢。姚燕燕忽然脱口而出，“丽丽，你去老楼咱家那儿走走吧。”

姚丽丽像听到笑话似的大笑起来，笑完了才说：“姐，我看你真是叫欢欢搞晕了，我这样子去老楼干吗，展览哪？”

姚燕燕轻叹口气，没再多话，轻轻地挂了电话。

既然叫弟弟妹妹们过来，就得准备一下。姚燕燕把屋子认真地收拾了一下，使屋里不显得那么凌乱。上次父亲是晚上来的，突兀得很，大概也从屋里的不规整看出她生活不尽如人意吧。人靠衣装马靠鞍，其实家也是一样的，姚燕燕很舒坦地望着整洁起来的家，心情一下子明亮了不少。把家整理利索，该出门购买东西了，刚出来要锁门，又忽然想起什么，推开门到欢欢屋里，拉开书桌最下面的抽屉，取出一本影集，她匆匆翻了翻，从影集里抽出一张照片，那是她家的全家福，母亲和他们姐弟仨，是亮亮结婚前照的。那时母亲的身体还好，脸上有笑模样，只是看上去很老，头发有一大半是白的。照片上丽丽和亮亮笑得十分开心，都在谈婚论嫁呢。

她从欢欢一个旧作业本上撕了张纸，把照片包起来揣进口袋。

下楼来，正好一股秋风裹挟着几片落叶冲过来，姚燕燕背身躲过这阵风。风中尘土味很浓。一片枯叶被风卷起挂在了她的头发上，沉沉地向下坠着，她用手一拨，叶子落在地上，一会儿，随了风又向前翻滚。

不知不觉间，姚燕燕来到了老家的旧楼前，姚燕燕却没看到父亲的身影，那里只剩落光叶子的空心柳树，还有树下依旧翠绿的冬青树。她拿目光四处寻找，想着父亲会不会在哪个避风的地方猫着。老楼的旁边，只有一两个路过的行人低着头逆风前行。倒是与老楼遥遥相对的新楼的旋转门，依旧很卖力地转着，时不时吞进去或吐出来几个人，那些人，没有人会朝老楼方向瞅上一眼，就像那个时尚的、气派的大楼，只会气定神闲地睥睨着灰暗、破败的老楼。

还是有人从新楼那边折过来，缓缓地向姚燕

燕走来，鼓突的肚子像篮球似的，随着身形的移动蹦跳着过去。姚燕燕揉揉眼睛，那个身影太模糊，她看不清楚。

姚燕燕站在风中，任风胡乱吹着，把凉寒吹进身体，也吹进了她的心里。

后　记

在大众阅读者的观念中，衡量小说人物可塑性的标准，主要是看他的社会角色是不是真实的，这就导致小说陷入了困境，缺乏超越现实的想象力，使其缺乏艺术表现力。《问出来的事》看似在现实生活之中，就是人们身旁的人和事，其实完全是虚构出来的故事。文中的“我”虽然不太如愿，遇到许多棘手的麻烦事，可在创作时，我放下对现实生活的悲悯情怀，也就收起了小说家的真情，放开了想象的翅膀。这也是小说创作者应有的视野和姿态，才使得生活的复杂性及作家的创造精神得以呈现。

《蓼蓼者莪》的题目来自《诗经·小雅》：“蓼蓼者莪，匪莪伊蒿。哀哀父母，生我劬劳。”其大意是“看那莪蒿长得高，却非莪蒿是散蒿。可怜我的爹与妈，抚养我大太辛劳，看那莪蒿相依偎，却非莪蒿只是蔚。可怜我的爹与妈，抚养我大太劳累！”诗的本意很明了，可怜天下父母心，子女从出生的那一刻起，他们就担负起抚养教育的责任，一生倾其所有，宁愿自己饿着、冻着，把最好吃的、最好穿的，都给了子女，总怕他们挨饿、受冻，把所有的心思毫无保留地全用在子女的成长、学习、婚姻和工作上。可临到终老，又有多少子女能环绕父母膝下，毫无保留地尽责尽孝？这看似简单的道德论理，被压缩了的血脉亲情，只能是现实人生的悲哀，却不能成为小说创作的有力阻碍。在作品中，赋予主人公钟慧萍来完成一份赡养责任，能聊以自慰或略表寸心，这是我写《蓼蓼者莪》的真正动机。

小说人物的自我存在需要角色转换，通过艺术价值的实现或他人的共情才能获得，小说故事是在一个陌生领域慢慢打开的过程，作为塑造人物的载体才得以存在。像《弦外》中的陶静怡，指向的不是她们这些人物的价值观，或者是价值取向，我只是想写这些女性在本质和欲望的纠缠中，一种人格存在而已。对我来说，每写一篇小说，不见得非要有生活的影子，或受什么情绪的影响。可《弦外》则不同，现实生活给我提供了像陶静怡，还有宋小洋这些人物的众多样本，甚至一些生动细节，她们的举止，在我本人看来有悖于常情，但陶静怡们在现实中却活得理直气壮。只能说，现实生活，才是《弦外》这篇小说名副其实的真正主角。

比如《影子的范围》里的姚仁义，当年抛妻弃子追求自己的幸福去了，老来疾病缠身，带着满怀的伤痛和悔恨，梦想回归到以前的家庭之中，他的亲生子女们在父亲回来这件事上所表现出来的态度，令人唏嘘的同时，如何辨识、应对变幻纷繁的现实生活中不断出现的复杂关系，甚至婚姻家庭里的情感体认，如何游走于找寻适合自己的社会位置与情感归宿的自我确认诉求，以及如何一次次迫使于爱情、婚姻、家庭日常所面对的切肤感受，或许得换一个角度。

写这些小说人物时，我对婚姻生活没有采取普遍的近距离关照的方式，注重的是“人心”，而不是“世道”。这些小说看似再现的是都市婚姻、家庭伦理的一种现实倾向，揭示的虽是普遍的社会问题，却道出了人性与道德力量的精神内涵。

图书在版编目（CIP）数据
问出来的事 / 温亚军著. —北京：中国工人出版社，2024.2
ISBN 978-7-5008-8402-6
Ⅰ. ①问…　Ⅱ. ①温…　Ⅲ. ①中篇小说－小说集－中国－当代　Ⅳ. ①I247.5
中国国家版本馆CIP数据核字（2024）第048904号

问出来的事

出 版 人　董　宽
责任编辑　宋　杨
责任校对　张　彦
责任印制　黄　丽
出版发行　中国工人出版社
地　　址　北京市东城区鼓楼外大街45号　邮编：100120
网　　址　http://www.wp-china.com
电　　话　（010）62005043（总编室）
　　　　　（010）62005039（印制管理中心）
　　　　　（010）62379038（社科文艺分社）
发行热线　（010）82029051　62383056
经　　销　各地书店
印　　刷　北京市密东印刷有限公司
开　　本　787毫米×1092毫米　1/32
印　　张　8.5
字　　数　200千字
版　　次　2024年5月第1版　2025年10月第3次印刷
定　　价　38.00元